王宮侍女アンナの日常

腹黒兎

一二三文庫

目次

序章

我も我もと咲き誇る花々が美しい庭園の一角。

向かい合う男女は互いに頬を赤らめて見つめ合っている。

「ひと目見た時から貴女《あなた》に運命を感じていました。僕と付き合っていただけませんか？」

差し出された右手におずおずと自分の右手を重ねて、女はふわりと幸せそうに微笑《ほほえ》んだ。

「私も、貴方《あなた》に運命を感じていました」

「ああ。僕はなんて幸せ者なんだろう。愛《いと》しい君に真実の愛を捧げさせておくれ」

男も幸せそうに微笑み、女の指先にキスを落とす。

『真実の愛』

この単語、薄っぺらく感じるのは私だけ？

真実の愛とか運命とか軽く口にする奴らのほとんどがその後、破局したり離婚したり愛人抱《かか》えたりしている。

『真実の愛』が脆《もろ》すぎて笑える。

純情そうな彼に教えてあげたい。その女、一昨日本命の男に振られていましたよ。

気の毒すぎて言えないけど。言ったところで私になんの利益もないから言わないけど。

それよりも早く立ち去ってくれないものか。

落ちていたゴミを拾っている間に始まった告白劇に、完全に立ち上がるタイミングを逃してしまった。

しゃがんだまま目についた雑草をぶちぶちと引き抜いていく。

暇だ。早く終わんないかなぁ。もう雑草がなくなりそうなんですけど。


私が生まれる前。つまり、親たちが青春を謳歌《おうか》している時代に、まだ王太子だった国王陛下が前代未聞な恋愛劇を披露した。

公爵令嬢との五年に及ぶ婚約を一方的に破棄し、恋人だった子爵令嬢を愛していると公言したのだ。

ふたりの真実の愛の前に、公爵令嬢は泣く泣く破棄を受け入れ、運命で結ばれたふたりは皆に祝福されて結ばれた。

それが、二十年以上経った今でも語り草になっている国王と王妃の「真実の愛の物語」である。けっ。

この恋愛劇は本や芝居のもとになり、貴族はもちろん、一般市民にまで浸透している。運命の出会いや真実の愛に目覚めるのがステータスらしい。

そこまでなら綺麗《きれい》な物語で済んだのだが、後が大変だった。

愛を叫んだ王太子に感化されたのか、ご友人たちがいろんなところで婚約の破棄や解消を高らかに宣言し、真実の愛に身を投じる事件が多発した。模範となる王族が「真実の愛」を取ったのだ。それなら自分も……となったのだろう。

当人たちは自己満足に陥っているからいいが、困ったのが親たちである。

婚約破棄すれば違約金が発生するし、破棄や解消を告げられたほうからすれば納得もいかない。うちの娘になんの不満があるんだと怒るのも無理はない。実際、殴り込みに行った親もいて、領民も巻き込んでの大騒動があちこちで起きたらしい。

息子が起こした事件が発端なので、当時の国王陛下が度々、仲裁に入ったが数が多すぎて早々に音を上げたという。

哀れ、陛下は一年も経たずに髪が抜け落ちたそうだ。その割に肖像画の陛下はふさふさだった。あれが男のプライドってやつか。

そんなこんなで、醜聞を気にして嫡男を挿《す》げ替えたり廃嫡にしたりと、お家騒動が起きた挙句に権力図が一変したらしい。内乱にならなかったのは偏《ひとえ》に国王陛下と内務大臣たちの尽力だといえる。代償に内務大臣の髪と贅肉《ぜいにく》がなくなり、外務大臣の頭髪は真っ白になったとか。大変、大変。

その大混乱は数年続き、いろんなところに影響を及ぼした。

険悪になった貴族たちが報復だなんだと市場を引《ひ》っ掻《か》き回し、物価が上がったり、風評被害が起きたりと国中てんやわんやの大忙しである。ついでに鬘《かつら》職人も大忙しだったらしい。髪不足で、買い取り価格が高騰したとかなんとか。タダで伸びる髪に高値がつくとか羨《うらや》ましい。

そんな感じで、王都も地方も大変だった。例に漏れずうちの田舎も大変だった。主にうちの家計が。

男爵とはいえ、領地持ち貴族なのに貧乏。

領民も貧乏なんで、納税の代わりに農作物を持ってきたり、出せなくて滞納を頼む人たちも多かった。お人好しの父はそれを全部受け入れるもんだから、貧乏に拍車がかかる。土地だけはあるから、野菜には困らなかったのがありがたかった。

まだ子どもだった兄や姉も父を手伝って忙しそうにしていたのに、小さい私にできることはなく、出かけるみんなを見送っていたのを覚えている。

それも今はいい思い出。

なんて思うもんか。すごく、すごく大変だったんだから。

そんな事件があったせいか、今時は政略結婚なんて下火傾向。愛を勝ち取った親たちは、自分たちで運命を見つけてこいと知らんぷり。

そうなると困るのが私みたいな嫁に行くしかない立場の娘。

これで美人だとか気立てがいいだとか一芸に秀でていれば、お相手なんてすぐ見つかるのかもしれないけど、生憎《あいにく》と外見も中身も平凡なんだよね、私。

家はそこそこの男爵家。

そこそこってのがポイントね。そこそこだから決定打に欠ける。もう貧乏ってワケじゃない。だからといって裕福でもない。歴史が長いってワケでもない。

下級貴族でございましてよ。おほほほほ。

嫡男の長兄もスペアの次兄もいる。器量好しの姉は格上の伯爵家に嫁いだ。

姉のために持たせた持参金を考えると、私の分はなかなか難しい。

田舎の男爵家の末っ子なんて、手に職でもなければ碌《ろく》な嫁ぎ先なんて見つからないかもしれない。

このまま結婚しないという選択も視野に入れておいたほうがいいかもしれない。そう考えた時にどんな仕事ならでききんのさ？　と自問自答を繰り返した。

そして、考え出した答えが侍女である。それも王宮侍女。

王都の王宮なら、働きながら給金ももらえて出会いがあるかもしれない。

そうだ、王宮侍女になろう！

渋る父と引き留《とど》める兄たちを説得し、脱走し、捕獲され、懇願して、試験を受けさせてもらった。

そして無事に合格通知をもらい、意気揚々と王都へと繰り出したのである。

それが二年前。

下っ端だった私は、いまだに下っ端です。

なぜだ。こんなにも頑張って働いているのに。

それもそのはず。なぜか月の半分以上をメイド服着て掃除しているからだ。

あれ。私、侍女試験合格したよね。

その証拠に侍女仕事もしている。しているけれど、圧倒的にメイド仕事が多い。

まぁ、給金は侍女待遇だし、住むとこも侍女たちの寮だから、肩書は侍女で間違いはないはず。

一応、新人指導の先輩に確認したらめっちゃ怒られた。

「先輩の言うことを疑う気？　嫌《いや》なら辞めてもいいのよ？」

高飛車にそう言い放つ先輩の態度で理解した。

そうか。これが世に言う新人いびりってやつか。近所のおっちゃんたちが言っていた「俺らの若い頃はよぉ……」から始まる例のアレだ。

まぁ、掃除するのは問題ない。家でもやっていたし。むしろ家事の中ではトップに入るぐらい好きなほうだ。目に見える成果ってやりがいあっていいよね。

拭《ふ》き掃除も磨き掃除も庭掃除も別に構わない。やれって言うならやりますとも。

ただ、人目に付いちゃいけない仕事なんで、出会いから遠ざかってる気がする。いや、確実に遠ざかっている。

もしかしたらイケメンとワンチャンあるかな？　と思ってたんだけどなぁ。

いや、そりゃあるっしょ？　ここでありません、って言うほど枯れてないからね。

騎士とかかっこいいし、文官さんもキリッとした人多いからね。目の保養。

そういう人たちはもれなく、兎《うさぎ》に擬態した雌熊《めすぐま》に食われているか、捕獲されているのが現実だ。

そんな擬態した雌熊が人気物件と交流できそうな仕事をさっさと掻《か》っ攫《さら》っていく。ガツガツしてないと出会いなんてないんだよ。

恋愛とは弱肉強食だと思い知った。

あ、これ名言？

怖いのは肉食侍女だけじゃない。メイドのおばちゃんたちもある意味怖い。

笑顔で毒を吐き、他人の内情を論《あげつら》う。その情報収集能力は侮れない。

掃除や洗濯を主な仕事とするメイド業の大半は経験豊かなおばちゃんだ。その技術と知恵は尊敬に値する。だが、おばちゃんたちの教育はスパルタだった。自信のあった掃除技術を鼻で笑われて、プライドがバキバキに折られた上に粉々に粉砕された。

そこで辞めては女が廃《すた》る。食らいついて学ぶ人におばちゃんたちは寛容だった。

おかげで私の掃除技術は上がり、おばちゃんたちとの仲も良好である。……いや、メイドじゃなくて侍女なんだけどね。


そんなわけで、いつもほぼ掃除をしている王宮侍女です。

得意分野なので特に仕事内容に不満はない。

メイドのおばちゃんたちとも仲良しだ。

ひとつだけ不満があるとするなら、人目に付かない場所の掃除だ。

普段使わない離宮とか、裏の庭園とか。

さっき恋愛劇を繰り広げた男女がその後向かった東屋《あずまや》の惨状を見てもらえればわかってもらえるだろう。

真実の愛の残骸《ざんがい》。

良さげに言ってみたけど、ぶっちゃけ情事の跡です。

外でヤるとか、勇者か。

なんて、くそどうでもいい感想が浮かぶ。

運命だなんだと盛り上がって、我慢ができずに近場で……ってことなんだろうけど。外でヤるな。

お前らはヤって帰ればいいけど、掃除する人がいるんだよ。

外ならまだマシだ。水撒《ま》いてモップでこすればいいし、臭《にお》いもこもらない。たまに粗相があるのさえ我慢すれば。

室内はキツい。

アレの臭いと女性の香水の臭いがミックスされて、ムワっとしてぐわっとしたなんとも言いがたい臭いが鼻を直撃する。

息を止めて真っ先に窓を全開しないと倒れる。いや、マジで。

なんの嫌がらせなのか、客室掃除の大半が残骸処理である。

ごく普通の残骸なら良い。掃除しやすいから。たまに血とか汚物が飛び散っている時がある。

……………何をしたらそうなる。

ベッドだけならシーツの交換で済むのに、家具や扉にまで飛び散っているのはなぜなのか。稀《まれ》に窓にも付着していた。

何をどうしたらこんな惨状になるのか、本当に不思議だ。詳しく知りたくもないが。

ベッドの下や床に落ちている落とし物も酷《ひど》い。

下着ならまだいい。拘束具に縄までは許そう。

大きめのよだれ掛けとおしゃぶりを見つけた時は、時が止まった。

ねぇ、誰の？　赤ちゃんには大きすぎるコレは、いったい誰用なの？

深く考えちゃダメだ。とりあえず落とし物として届けた。

一応、遺失物の保管先がある。ただ、受け取りに来る人は滅多にいない。身元がバレるからね。裏を返せば、数人の勇者はいた。

遺失物管理は下っ端侍女の仕事らしく、何度かやらされた。

その時、明らかに乗馬用ではない鞭《むち》と赤く太い使用済み蠟燭《ろうそく》を受け取りに来たのは柔和で穏やかそうな騎士だった。

「見つかってよかった。これお気に入りなんです」

と、笑顔で受け取りにサインをして帰って行った。

後で、その彼が近衛《このえ》騎士だと知った時の衝撃は忘れられない。

鞭と蠟燭の使用方法は考えちゃいけない。上司の近衛団長と怪しい噂《うわさ》があるとか思い出しちゃいけない。

あれ。私の職場って王宮だったよね。

なんか闇《やみ》ばかり見ている気がするよ。

そうか、お城は魔窟《まくつ》だってこういう意味か。


そんな魔窟の中で健気《けなげ》に毎日を送る平々凡々な私は今日も掃除を頑張っている。

あ、名乗ってなかったわ。

申し遅れました。私、アンナ・ロットマンと申します。気軽に「可愛《かわい》いアンナちゃん」とお呼びください。

え？　モブっぽい名前？

うっさい。ほっとけ。

今日も天気だ、掃除がはかどる。

朝一で謁見室の掃除を済ませて、朝食をとったら、次は王宮の広間です。明日の夜、舞踏会があるんで磨き上げろとのご命令。急すぎる。

公爵に嫁いだ第二王女の思いつきで開催することになったらしい。しかも、実家の力を使って王宮の広間を使用するので、私たちも急遽《きゅうきょ》準備に駆り出されている。迷惑千万にもほどがある。公爵も親も甘やかしすぎじゃないだろうか。

出席予定？　そんなもんあればここで鏡を磨いていない。

堅苦しいの苦手だし、立派なドレス持ってないからいいけどね。それはいいけど、翌日の片付けを思うとため息しか出ない。

床に落ちた料理にテーブルクロスに付いたワインにカーテンに付いた染み。そして、庭やバルコニーに散らばる愛の残骸。

ため息しか出てこない。

食べて飲んでヤるとか、動物か。

はぁ……ヤダヤダ。普通に笑ってお喋《しゃべ》りしていればいいのに。

あちこちで盛《さか》るなよ。後始末する人のことを考えてほしい。そんな気遣いがあるなら事には及ばないわな。

諦《あきら》めて鏡をピカピカに磨く。そして、なんたらの男性像を磨き、うんたらかんたらの女神像に優しくハタキをかけていく。

そうは見えないけどお高いんだろうなぁ。見えないけど。

流石《さすが》に大広間というだけあって掃除の範囲が広かった。大人数でやっても昼過ぎまでかかった。

遅い昼食をとったら、次は休憩室や控え室の掃除が待っている。

普段からやっているのでそんなに時間はかからないはず。ちゃちゃっと済ませよう。

ひと部屋目を手早く済ませて、隣の部屋の扉を開けると人がいた。しかも半裸の男女はベッドの上で、どう見てもヤる気満々の様子。

互いに無言で見つめ合う。一、二、三。

「失礼いたしました」

ソソっと後退《あとずさ》りして扉を閉める。

ちょっとおおおお！　ナニしてんだよ！　ナニしようとしてんだよぉ！

普通に掃除をしようとした私は悪くない。だって、使用中なんて聞いてないもん。悪いのは無許可で昼間から盛っているお前らだ。

恥じらいとか羞恥心《しゅうちしん》はないのか。今すぐ拾ってこい。

無理だろうな。あのふたりはそんな言葉すらプレイにしちゃいそうだ。

男はいわゆる遊び人で、女は浮気三昧《ざんまい》の貴族の奥様だ。ある意味有名人なふたりがそういう関係でも驚きはしない。

たぶん、何事もなかったように再開してるんだろうなぁ。

あの気まずさを物ともしない精神力ってすごい。そのくらいなければ昼間からヤろうなんて思わないだろう。

結局、その部屋の掃除を忘れてお小言を食らってしまった。納得がいかぬ。


あっという間に舞踏会の夜である。

今日は侍女の仕事である。わあい、私って働き者。

磨き上げた大広間は、煌《きら》びやかな貴族たちで溢《あふ》れ返っている。

その中で働くのは肉食侍女のお仕事で、私みたいな下っ端侍女は目立たない隅に控えて雑用を引き受けるのが仕事である。

裏方のような雑用係は目立たないようにひっそりとしているが、こっそりしたい方々に悉《ことごと》く見つかる始末。

言いつけられる用事は、休憩室への案内とか、休憩室の案内とか。

本当にどうしようもないな、貴族どもめ。私もその端くれだけれども。羞恥心とか道徳心とか捨ててないからね。

そんな中、呼びかけられて振り向いたら奴がいた。

昨日の昼間から盛ってた男。遊び人との噂高いユリウス・ベネディクト子爵。

たかが子爵と思うことなかれ。侯爵家の次男で、親の余った爵位をもらっている生粋《きっすい》のぼんぼんだ。加えて女好きで遊び人。放蕩《ほうとう》息子ってのはコイツのためにある言葉だと思う。

淡い金髪は常にさらさらの艶々《つやつや》で、切れ長の目や薄い唇《くちびる》が少し冷たく見えてクールで素敵と評判だ。賛同はしかねる。いくら顔面が良くても女好きは嫌だ。

世間は違うらしく、女性を褒める言動を惜しまない子爵の人気は高い。前髪を切っただけでも褒め、香水を褒め、ドレスを褒め、身に着けた装飾品を褒める。息をするように女性を褒めて賛美する。

マメ男だ。

あれだ。高級娼婦《しょうふ》の男版だ。

噂では、年齢も容姿もバラバラな五人の女性と付き合っているらしい。

いまだに修羅場になっていないのは、純粋にすごいと思う。だからといって好感度は上がらないけど。

私は恋人ひとりさえも持て余しているのに。なんて言ってみたい。

どうせひとりもいませんよ。けっ。

子爵は予想に違《たが》わず、休憩室の案内を頼んできた。

後ろの女性と雲隠れですか。そうですか。構いませんが、あんまり汚さないで使用してくれ。

ちらりと見た女性は、あの時の奥様だった。

この奥様の噂が本当なら、子爵は大変な冒険家だといえる。

知っているのかな。昨日ヤったなら知っているはず。たぶん、知っているよね。

ひと言忠告すべきか迷ったが、やっぱりひと言だけ伝えておこうと思う。寝覚めが悪いと嫌だしね。

休憩室の鍵を開けて脇《わき》に避《よ》けて一礼する。子爵が扉を開けて婦人を中に通した時に小さな声で呼びかけてみた。

子爵は仕方ないという笑みを浮かべて続きを促す。

生憎と貴方への好感は一ミリも存在しない。

「確認いたしますが、先ほどのご婦人をよくご存じの上での合意でございますか？」

子爵は意味もなく前髪をかき上げて、眉《まゆ》を下げて困った顔をした。

「もちろん合意だとも」

そして、頭を下げていた私の顎《あご》に手を添えてクイっと上を向かせる。子爵の水色の瞳《ひとみ》が笑みに細まる。

「可愛いお嬢さん。また会えたら遊んであげるよ」

そう言って親指で私の唇をすっと撫《な》でて、部屋の中へと消えていった。

………は？

もしかして、嫉妬《しっと》で引き留めたと思われた？

扉が閉まり、鍵がかかる音を聞いて部屋から急ぎ足で離れる。

あの女好きを好きだと勘違いされた？

うわっ。鳥肌が首までできた。

勝手に口を触んな。今すぐ洗いたい。キモイ。

困った。鳥肌が消えない。よかった、長袖《ながそで》で。

変な誤解を受けたが、できることはした。後は知らない。

問題は明日の掃除だ。できるだけ汚さないでいただきたいものだ。まぁ、無理だろうけど。

明日の片付けや掃除のことを考えてため息が出る。私の担当でないことを祈ろう。

その後も、厨房《ちゅうぼう》へのお使いとか、休憩室への案内とか忙しく働いた。

舞踏会から三日後。

掃除道具を持って移動している時に、子爵にばったり出会った。

メイド服だったので気がついていないと思ったのに、あの時案内した侍女だと気がついたのだろう。「メイドだったのか」なんて呟いていた。

いや、侍女です。人数が足りない時に若いメイドが駆り出されることもあるが、私は一応本職だ。

あえて訂正するのも面倒で一礼をして脇にどいたのに、目の前に立ちやがる。

「聞きたいことがあるのだが。あの時の言葉はどういう意味だったのだろうか」

問いかけられて、思い出す。何しろ三日前のことだ。すぐには出てこない。

「言葉のままでございますが」

なんの比喩《ひゆ》も、貴族的例文も使っていない。そのままだ。

「そうではなくて。その、もしかして、ともにいた彼女の嗜好《しこう》を知っていたのか」

「子爵もご存じですよね。合意だとお聞きしましたし」

何か問題が？

「あ、別に言いふらしませんよ。子爵もそういう特殊趣味をお持ちだろうと、それは個人の趣味ですので」

「違う！」

大声で怒鳴られてびっくりした。

ええ、何。いきなり。

「あんな趣味があるわけないだろう！　あんな、あんな……無理だ」

顔を赤くして怒ったと思えば、思い出したのか顔色が青くなっていく。なかなかに忙しい人だ。

同じ嗜好ではなかったらしい。それはご愁傷様《しゅうしょうさま》。

「物は試しと申しますし、付き合って差し上げてみるのも一興かもしれませんよ。私は御免こうむりますが」

「俺だって嫌だ!!」

やめろ、唾を飛ばすな。短気か。

なんで激怒するのかわからず、冷めた目で見返す。

私はちゃんと聞いたのに、合意だって答えたのだから私のせいじゃなくない？

「知っていたなら、ちゃんと知らせろ」

うわ。自分の迂闊《うかつ》さを棚上げして人のせいにするとかないわー。何様だ。子爵様か。ぼんぼん様か。けっ。

そうは思っていても、私は下っ端侍女。しかも、今はメイド。素直に謝りますよ。

「それは、それは、言葉が足りずに申し訳ありませんでした」

ちょっと棒読みなのは許してほしい。私だって人間だから。

「君にはわかるか？　いい雰囲気の途中でアレを提案された時の恐ろしさが」

わからんし、わかりたくもない。

「否応《いやおう》なしに準備しようとするのを必死で食い止めたあの苦労が。わかるか？」

いや、わからんって。

てか、結局ヤってんじゃん。なのに、そんな似非《えせ》苦労話を聞かされても困る。

いくら人通りが少ないとはいえ、日中にそんな話を振らないでほしい。

その後も語る内容に一片の興味も見出《みいだ》せず、「はぁ」とか「へぇ」とか適当に返事をしていたら怒られた。

解《げ》せぬ。

◆　◆　◆　◆

本日の掃除場所はトイレです。

…………。

いや、できる。できるよ、トイレ掃除。

超貧乏な時期があったからね。屋内の家事はひととおりできる。料理以外は。

料理はなぜか兄たちから止められている。たぶん、火傷《やけど》とかを気にしてくれているのだろう。

一応嫁入り前の男爵令嬢だしね。

トイレ掃除どころか家畜の世話もできるけどね。

まぁ、いい。下っ端らしく仕事しよう。

場所は会議とか議会が行われる棟で、普段はあまり使わない。そういうところも小まめに掃除しておかないと綺麗さを維持できないのよ。

掃除用具を持った私は、普段使わないという重大な事実を忘れていた。普段使わないってことは人気《ひとけ》が少ないってことなのよ。

そして、流石王宮。トイレがうちよりも広くて綺麗だ。

そんな個室の一角で、怪しげな男女の声が聞こえている。

「震えているの？　大丈夫、私に身を委《ゆだ》ねなさい」

「あ、いや。まって、そんなとこ……」

「そんなことを言って、期待しているくせに。ほら。もうこんなに濡《ぬ》れてる」

「あっ、あん。あ……ダメ、あぁん」

すうっと気配を消しながら後退する。こちらが足音を立てないように苦労していることなど知る由《よし》もなく、言葉攻めをする女性とそれに喘《あえ》ぐ男性の声がトイレに木霊《こだま》した。

お邪魔しました。後で来ます。

トイレの後にするつもりだった準備室や小部屋の掃除を先にしよう。

声から察するに、どこかの奥様と若い使用人だろうか。何も臭いところでやらなくてもいいんじゃないだろうか。色々と処理は楽……なのかな。シーツ交換がないだけ楽なのかもしれない。


準備室は、会議などがある時にお茶や軽食準備や、時には資料も置いたりする小部屋である。

ここも適度に掃除はしているので軽く埃《ほこり》を落として掃き掃除をする。

テーブルの下にひと抱えするような木箱があった。

なんだろうと覗《のぞ》いてみたら、全部精力剤だった。隣の木箱には栄養剤が詰まっていた。

用途は知らないほうがいいかもしれない。

優しくハタキをかけて蓋《ふた》代わりの布をかけて元の位置に戻す。

うん。何も見なかった。次いってみよう。

もうひとつのトイレへ向かえば、そこも使用中だった。響いていた声がどちらも高く、どう聞いても両方とも女性に聞こえる。

片方が声の高い男性の可能性もあるが。どちらにしても私の仕事はできないのでどうでもいい話だ。

ここも後にしようと諦めて、最初のトイレに戻ったら無人だった。

ありがたいが、臭う。はっきり言って臭い。トイレだけに。……やかましいわ。

案の定、汚れた個室を掃除する。隅に丸まった男性用のパンツがあった。恐らく、先ほどの彼だろう。

どうやって帰ったのか知らないが、見るからに使用はできそうにないので捨てさせてもらった。

なんだろう。掃除をしているだけなのに、精神力を試されている気がする。

ここは王宮で、修道院じゃなかったはずなのに。


「おや。お疲れさん」

メイド用の休憩室に戻ると、マチルダおばちゃんが声をかけてくれた。

マチルダおばちゃんは何かと教えてくれるありがたい存在なのだが、教育はスパルタである。

「もぉ、本当に疲れました。トイレが両方とも使用中で、予定よりも時間がかかったんですよ」

人目に付いちゃダメなのかもしれないけど、なんでトイレでヤるかな。

「普段使わないところでヤる輩《やから》はそこそこいるからねぇ。迷惑なこった」

「臭いとこでヤらなくてもいいと思うんですけどね」

「適度なスリルを求めてんだろ。人に見せないだけマシだよ」

うえ。ヤってんのを人に見せたいとか理解できん。どこに興奮するんだろ。

首を捻《ひね》っていると「わからなくていいさ」とマチルダおばちゃんは笑った。

「何なに。なんの話?」

「トイレで盛るお貴族様の話だよ」

イカとナッツを持ってレダ姉さんが参加してきた。お酒があれば立派な宴会になりそうである。

「たまにいるよね。私も前に遭遇したわ。そいつ、下半身丸出しで『僕の恥ずかしい姿見てくれませんか?』って扱《しご》きだしたのよ」

「やっだあ。何それ。見てあげたの?」

「いきなりおっぱじめたのよ。粗末な物見せられていい迷惑よ」

「見るだけならいいじゃん。あたしなんて、参加させられそうになったんだから」

「トイレで複数プレイなんて狭くて身動きできないんじゃないの」

「パズルでもする気かね」

みんながつまみを片手に参加してくるので、長テーブルには食べ物と人で溢れている。

みんな何かしらの経験があるらしく、あの時はこうだった。いや、こんなこともあったと話は尽きない。

本当に、人気の少ない場所は確率高いんだと実感する。でも、そういう場所に回されることが多いんだよね。上の決定には逆らえません。下っ端だしね。

「そういえば、聞いた？　フライデル男爵って不能になったんだって」

「うっそ、あの薄毛変態、使い物にならなくなったの」

「友達に聞いたのよ。役に立たないって奥様が浮気始めたんですって」

「それガセよ。男爵が若いお針子に夢中になって、奥様相手に起《た》たなくなったのよ」

「あらやだ。五十も近いのにお盛んだねぇ」

「奥様も若い使用人に手を出してるそうじゃないか」

「どっちもどっちだよ」

次々と飛び出してくる話を、イカを噛《か》みながら拝聴する。噛めば噛むほど味が出てくる。長く楽しめていいな、コレ。

「そういえば、ベネディクト子爵に言い寄られてるって本当かい？　アンナ」

ぶふぉぉ!!

ちょっ、はなっ！　鼻っ！　鼻にイカが入った！

めっちゃ痛いっ！

ツン！　って、ツンってする‼

「ゲホっ。どこ情報ですか、それ」

「内緒。で？　どうなの？」

あー、出ない。鼻かんで出していい？　いいよね。

ちょっと失礼。

フン！　フン！　奥にあるのはわかってるんだ。後は気合いっ。おりゃ！

「あ、出た」

スッキリ！　爽快《そうかい》ですな。

ズビズビと鼻かんでいたらおばちゃんからあきれられた。

「あんたもうちょっと若い女の子らしくしなさいな」

「大丈夫です。猫被《かぶ》るとこは被ってるんで」

「被り切れてない気もするけどねぇ。で？　本当はどうなのさ」

新しいイカを差し出しながら聞いてくる。

これはちゃんと答えとかないと、私の名誉《めいよ》に関わるのでちゃんと否定しておこう。

「あのクアニーロ伯爵夫人のお相手をするみたいだったので、忠告しようとしたんですよ。

そしたら知ってる風だったので放っておいたのに、ちゃんと言えって怒られました。理不尽だと思いませんか？」

「あら。あの色男は知らずに毒蜘蛛《どくくも》の餌食《えじき》になったのかい。可哀想《かわいそう》に」

「いえ、なんとか回避したみたいですよ」

「まぁ、あの趣味に付き合える人は限られるよねぇ」

「ですよね〜。勇者かと思ったら腰抜けでした」

「そりゃあの色男に悪いよ。ババァの×××を×××するなんて、歴戦の猛者でも躊躇《ためら》う内容さ」

「そういや、あのババァ×××まで始めたって話だよ」

「えー本当ですか？　ヤダなぁ、そういうの家でやってほしいですよね。掃除する身になってくれなきゃ」

「毎回、汚すから掃除が大変だよ。リネンはほぼ破棄だから楽だけどね」

「違いない」

みんなで爆笑する。

話がコロコロ変わる上に尽きない。みんな経験豊富だから話の引き出しが多い。

ここで働くと要らん知識とか情報が手に入るよね。楽しいけど、活用できる日ってくるのかなぁ。

もらったイカをもぐもぐと噛みながら考える。

私まだ処女なんだけどなぁ。濃いマニアック情報に長《た》けた耳年増になっている自分が怖い。

恋人できてもこの知識が活用できる気がしない。恋人ができる予感も予想もないのが悲しい。

とりあえずイカをもうひとつ手に取り、おばちゃんたちの会話に聞き入った。

◆　◆　◆　◆

今日は久々の休日なので、買い物にやってきました。場所は貴族街にある商会通り。

お貴族様の物は大抵ここで揃《そろ》う。高いけど、やっぱり質はいい。

今日の目的は、ハンドクリーム。

一応、貴族令嬢の端くれなんでね。手荒れは天敵ですよ。

おばちゃんたちに安くて良い店を教えてもらった。

さすがおばちゃん。ビバおばちゃん。

お礼のプチプレゼントも購入済。気兼ねなく受け取れるけど、自分で買うのは躊躇うような物って意外と難しいよね。

今回は本店限定の蜂蜜《はちみつ》バターのボディクリームのミニケースにしてみました。特別感があってお値段も良心的。

　本当は老舗のソレイユ商会の物が欲しいけど、高いんだよね。毎日使う物だから、質よりも量がいる。でもある程度の質は必要。なかなか難しい。


　ハンドクリームも日用品も買い終えた。後は、どこかでお茶でも飲んで帰ろうかな。

どこにしようかと周囲を見ていたら、右横の店から見たことのある人物が出てきた。

　ユリウス・ベネディクト子爵。

　特殊趣味の奥様との情事を私に愚痴った女好きである。

　珍しく男と一緒のようだ。

　まさか、男もいけるのか。冗談に聞こえないところが笑える。一部のお姉さま方に大受け間違いなさそうな話になりそう。

　素知らぬ振りで通りすぎようとしたら肩をガシッと摑《つか》まれた。

　乙女の柔肌に何してくれやがる。

　渋々振り向けば、眉間《みけん》にシワを寄せた子爵様がいた。

「何を他人の振りして去ろうとしている？」

「……他人ですが？」

　思いっきり他人ですが？

何言ってんだ。頭沸《わ》いてる？　主従関係を結んだ記憶なんてありませんが。

「俺に会って寄ってこない女なんてお前ぐらいだぞ」

いや、他にもいると思いますよ。みんながみんな自分に惚《ほ》れていると思うなよ。どんだけ自分の顔面に自信を持ってるんだ。

面倒くさいなぁ、と思いつつ挨拶《あいさつ》を済ませてさっさと帰ろうとすればまた止められた。

なんなんだ、いったい。

「それとも、素っ気ない振りをして俺の気を惹《ひ》く作戦か？」

そんな作戦を立てることは永遠にないから安心しろ。

「オホホホホ。ソンナ、メッソウモナイ。それでは、これで失礼します」

立ち去ろうとしたらまた肩を掴んで止められた。

三回目は流石に眉間にしわが寄るのを抑えられない。

さっきから、なんなんだ。

「ちょっと待て。聞きたいことがあるから付き合え」

うえええええ。やだ。面倒くさい。

素直に表情に出すと、残念な生き物を見る目を向けられた。不本意。

「好きなものを奢《おご》ってやるから」

「子爵様のお誘いを断るなんてできませんものね」

いや、別に奢りに釣られたワケではないよ。

人として話は聞かないとね。

「ん？　香水を変えたのか？　そっちも似合うが、もう少し甘い香りのほうが好みだな」

お前の好みなんぞ知らんわ。

なんで一、二回しか会っていない女の香水を覚えてるんだ。なんの特技だ。

そうか。これが……、

「ストーカー」

「誰がだ」

お前だ。

子爵の反対側にいた青年がぶふっと笑った。

笑いを堪えているのか、小刻みに肩が揺れている。笑いの沸点が低いらしい。それは人生が楽しそうだ。


連れて行かれた店は落ち着いたシックな感じのコーヒー店だった。

ちょっと意外。小洒落《こじゃれ》たカフェとか女性のたくさんいるところに行くのかと思った。

エスプレッソを頼んだら、子爵から残念そうな目で見られた。

いいじゃん、エスプレッソ。甘ったるい顔が前にあるのに、甘いカフェオレなんぞ飲めるか。

コーヒーがくるまでに自己紹介となったが、酷かった。なんせ、子爵が私の名前を知らなかったんだから。

まぁ、名乗った覚えもないから当然だろう。

わかっていて黙っていたら、頭を抱えて困っていた。視線で訴えられてもわかりません。

頃合いを見て自己紹介をする。

「初めまして。アンナ・ロットマンと申します」

にこりと笑うと「貴族だったのか⁉」と失礼極まりないことを言われた。

なんだと思ってたんだ。

「一応、父は男爵を拝命しております」

「なんで貴族令嬢がメイドをやってるんだ」

「さあ？　侍女長様の崇高《すうこう》なお考えは量りかねます。王宮侍女で採用されたはずですが、命じられたので半分はメイドをやっていますね」

「それ、虐《いじ》められてるんじゃないのか？」

あ、やっぱり？

そうかな？　とは思ってたんだけど、同僚の子もおばちゃんたちも対応を間違えなければいい人ばかりなんで、まぁいいか、と。

ぶっちゃけ掃除しているほうが気楽なんだよね。

「本人がいいなら別にいいけどな」

「それより何かご用でしょうか」

「ああ、悪い。お前に聞きたいことがあったんだ。噂とか詳しそうだからな」

私の情報網なんぞ、おばちゃんたちの足もとにも及びませんよ。まだまだ未熟者です。

そこでやっと子爵の隣に座る青年を紹介された。

一見爽《さわ》やかそうに見える彼は、キングレイ伯爵家の長男のフィンス・キングレイ氏。

ヘイベル伯爵家の娘と婚約話が出ているんだが、そこには三姉妹がいて年齢的に誰が候補でもおかしくないらしい。

要は、お薦めの令嬢を教えろって話だね。

それ、私に聞く？　ただの侍女ですよ？

「嫌ですよ。他人の家の内情を話すとか。私、こう見えて口は堅いんです」

「ただとは言わない」

なぬ？

ぴくりと動いた私に、子爵がにやりと笑いかける。

「流行のドレスを贈ってやろうか？」

「着て行くところがないので結構です」

「宝石は？」

「換金しにくいので結構です」

「換金を前提にするな」

だって、宝石持ってても役に立たないし、売るにも面倒なこと多いし。

「では、うちのアーデル産の特級ワインでは？」

キングレイ氏が参戦してきた。

なんとワインの名産アーデルを領地にお持ちでしたか。

「二本で！」

「うん。交渉成立だね」

にっこりと微笑むキングレイ氏は、やはり見た目だけ爽やか青年らしい。

「ワインかよ……」

子爵があきれているが、アーデル産の特級だぞ？　プレミアもんだぞ？　タンスの肥やしになるドレスより遥《はる》かに価値が高いだろうが。

アーデルの特級ワインならば、それに見合う内容じゃなければなるまい。

意識して姿勢を正す。

「お薦めは長女ですね。控えめで大人しい方らしいですよ。次女は止《や》めておいたほうがいいです。裏表が激しいし、使用人への当たりが最悪です。女主人には向きません。三女は悪くないけど、まだお若いし末っ子なせいか無自覚わがままとのことです」

キングレイ氏は真剣に聞いてくれている。

自分のことだからかもしれないが、真剣に聞いてくれるならこちらも話し甲斐がある。

「長女は前妻の娘なんで後妻と妹ふたりに冷遇されているようです。そこを助けてあげればキングレイ卿の株も上がりますよ。家族から華がなくて辛気臭《しんき》いって言われていますが、磨けば光りますよ、彼女」

茶色の髪に灰色の瞳の長女は俯《うつむ》くことが多いので、あまり知られてないが顔立ちは整っているらしい。使用人は磨きたくて仕方ないが、後妻が目を光らせているために叶《かな》わないのだとか。

「自分色に変えていくのって楽しくないですか?」

ニヤッと笑えば、キングレイ氏もにっこりと笑って「それ、わかるな」と賛同してくれた。

やっぱりね。そんな感じしたよ。

執着系だよね、貴方。

「お前、本当に詳しいな……」

子爵がなんか言ってるがサクッと無視して、追加のケーキとコーヒーのお代わりを頼んだ。

ついでに持ち帰り用のコーヒー豆も頼む。

いやー、奢りって素晴らしい。


後日、キンググレイ伯爵の長男とヘイベル伯爵の長女の婚約が結ばれたとおばちゃんから教えてもらった。彼女を心配していた使用人は安心して胸を撫で下ろしたとか。

いいことをするって気持ちいいよね。

後日、届いた特級ワインに頬擦《ほおず》りしてふたりを祝ったのは言うまでもない。

特級ワインと一級ワインが二本ずつ、オマケにチーズまで付いていた。

キングレイ氏、太っ腹である。

さあ、いつ飲もうか。楽しみで胸が躍った。

◆　◆　◆　◆

男は壁に手を突き、女を腕の中に閉じ込めるように囲い込むと、恥ずかしがって俯く女の顎に指をかけて顔を上げさせた。女の顔は緊張と期待に赤く染まり、男のエメラルドグリーンの瞳に見惚れた。

「物欲しそうな顔だな」

野性味溢れる顔でニヤリと笑うと、男は女の細腰に手を回して引き寄せて耳に囁いた。

「欲しいって言ってみな」

艶のあるバリトンボイスが女の体を震わせた。力の入らない手ですがるように見上げれば、欲を孕《はら》んだ瞳とぶつかる。

「貴方が、欲しいの」

ほろりと零《こぼ》れた本音に、男は笑みを深めると女の後頭部を引き寄せて荒々しく口づけた。

呼吸の度に深くなっていくキスに女は陶然となり、強請《ねだ》るように男の首に手を回してより密着しようとする。

男は僅かな隙間《すきま》に手を伸ばして女の体を弄《いじ》り、いやらしく這《は》いまわる。男の手が素肌に触れる度に女の嬌声《きょうせい》が淫靡《いんび》な水音とともに男を愉《たの》しませた。


そんな男と女の情事を扉越しに聞かされております。

言っておくが、覗きの趣味なんてない。断じてない。

倉庫に道具を取りに来たついでに片付けをしていただけなのに、勝手にヤり始めたあいつらが悪いと思う。

気がつかなかった私も悪いが、そっちも同罪だ。最中だとか知るもんか。大声で言ってやりたい。

お前らが塞いでる扉の向こう側に私がいるんだよっ‼　即刻退《ど》け！　って、言えたらいいよね。後でいちゃもんつけられたら困るし、他人の情事を見たいわけでもない。下っ端はなかなかに気を遣う。

問答無用で扉開けて出ていきたい。

びっくりさせて合体が外れなくなったり、ショックで使い物にならなくなったりされても面倒だ。まぁ、そんなタマでもないだろうが。

扉がさっきから激しく動いている。外開きだから何かの拍子に開く心配はない。ただ、私が出られないだけだ。

なんで、こんな場面によく遭遇するんだろう。王宮でヤってる率が高すぎるんじゃない？　仕事しろよ。盛るなよ、動物か。

倉庫内なんで音が響く。ガタガタという音の合間に喘ぎ声と男女の声が漏れ聞こえる。

これで興奮する性質《たち》ではないので、ため息しか出てこない。何かの罰ゲームか。

目的の掃除ブラシは見つけているので、仕方なく静かに手近の片付けをする。

ここの倉庫って、目立たない場所にあるせいか人通りもほぼない。階段の下に隠れるようにあるから死角にもなっている。いうなれば穴場スポットだ。でもな、その倉庫に純粋に用事で来る奴もいるんだよっ。

「ぁん。メンデル伯爵様ぁ。あぁイイ。いいのぉお」

よくねーよ。とっとと終われ。

「……だろ。この……、ほら、欲しいんだろ」

欲しがってんならくれてやれ。そして、素早く離れろ。

「ああ！　もう壊れちゃうっ！　ダメっ、壊れちゃうのぉぉ!!」

先に扉が壊れるわ。どんだけ動いてんだ。

扉の耐久性が心配になってきたところで、一際《ひときわ》激しく揺れたと思ったら静かになった。

終わったと思うが、すぐに出れば鉢合わせしそう。まだ何か話してるみたいだし、もうちょっと暇をつぶすか。

倉庫内は採光と換気用として横に細長い窓が上部にあるだけなので、一応灯《あか》りを持ってきている。扉に窓とかあれば、灯りが見えて中に人がいるってわかると思うんだよね、扉の付け替えとかできないだろうから、何か中に人がいるって伝える物はないだろうか。

今後、こういう事故をなくすためにもさ。


外から声も聞こえなくなったので、そっと扉を開ける。あれだけガタガタいってたのに、ちゃんと開くもんだね。とりあえず壊れなくてよかった。

思った通り、外は誰もいなかった。無事に終わったようだ。しかも残骸もない。

流石、遊び人オヤジのメンデル伯爵。後始末までスマート。助かります。

三十代前半のメンデル伯爵は、濃いキリッとした眉や、短い顎鬚《あごひげ》が男くさい色気があって素敵だと評判だ。

どこぞの五股《いつまた》六股《むつまた》している遊び人子爵と違って、遊ぶ相手とは一度きりと公言している。

本人曰《いわ》く、愛妻家らしい。あくまで自称。一度だろうが浮気してんのに愛妻家とは片腹痛い。

奥様はそれで納得しているかどうかは知らないけど、まぁ、そこは他人のお家事情なので知らぬ。けっこうどうでもいい。

遊び慣れた伯爵に一度でもいいから遊ばれたいという人がそれなりにいるらしい。

遊ぼうが、遊ばれようが構わないが、人に迷惑をかけずにやってほしい。

いや、本当に頼むから。


後日、倉庫の扉にプレートを掛けられるようにしてみた。片面に『使用中』と書かれ、片面に『空室』と書かれている。これで中に人がいるかいないかわかる。

やだ。私ってば天才。

これ、画期的じゃない？

数日後に倉庫を訪れた私は、呆然《ぼうぜん》と立ち竦《すく》んだ。

『使用中』と書かれたプレートが掛けられた扉の向こうから女の喘ぎ声が漏れ聞こえてきたからだ。

そんなつもりで付けたんじゃないんだよっ！

◆◆◆◆

本日は貴族街までお買い物です。

大抵の物は決まった日にご用聞きが来るんだけど、直接買いに行くこともある。小物なら買いに行くほうが早いからね。

ついでに自分の買い物もできるから、メイドの中でお使いはけっこう人気なの。


目的地は貴族街にあるソレイユ商会。

四階建ての人気店で、貴族の流行はここから！　ともいわれている老舗のお店。

一階は最新のドレスや帽子が並んでいる。飾ってあるドレスはどれも見本なので、注文する時は、貴金属を扱っている三階へ行かないといけない。個室になっている応接室で採寸や試着などをする。ドレスに合わせる宝石も選ぶから同じ階のほうが都合がいいんだとか。

私には縁のない場所です。今のところね。

二階は紙やインクなどの消耗品から、ペンなどの文具とかちょっとした雑貨を扱っている。どれも洒落て品があるけど全体的に高いんだよね。私だと普段使いにはできない。

でも、見るだけでも楽しいよ。

雑貨も楽しいけど、一階に飾られた流行のドレスとか帽子のほうがトキメクよね。着る予定も贈られる予定もないし、買うことなんてさらにないけどね。眺めるのはタダですもん。堪能《たんのう》せねば。

今季の流行は大ぶりの花。華やかな花とリボンで飾られた帽子が素敵。ドレスにも大きな花のコサージュが散らされている。

いいなぁ、春らしくて華やかよね。

ドレスは無理だけど、小物は花柄にしてみようかな。ハンカチとか髪飾りとか。

ここじゃ買えないから、もうちょっと安い店じゃないと無理か。ハンカチなら自分で刺繍《ししゅう》するのもありだな。

隣の建物もソレイユ商会の物で、こちらは女性用というか、化粧品や香水などを主に取り扱ってるお店。今回は用事はないので行かないが、ちょっと憧《あこが》れる。値札を見ずに買ってみたいもんだ。

もちろんハンドクリームもある。

容器もお洒落で可愛いんだよね。量が少ないのが難点。ザ・高級品って感じ。

こういうのプレゼントしてほしいよなぁ。

してくれる人なんていないけどさ。


買い物を終えて、たっぷり目の保養をして、軽い足取りで次のお店へ。

次の休みに実家に帰るから、お土産の調達をしようかと思ってね。

父と長兄と義姉と次兄と、後は使用人分。

何にしようかな。義姉は刺繍が好きだから刺繍糸とかかな。でも、何があって何がないのか知らないし、無難にハンドクリームかな。そしたら。長兄もお揃いにしようかな。

父も、農作業や獣医の仕事もするから意外と荒れるんだよね。……父と長兄夫婦が同じなら、次兄も同じじゃないと拗《す》ねるかな。

もう、みんな一緒でいいかな。いいよね。家族でお揃い。素敵じゃない。仲良し。

考え事をしながら大通りを結ぶ細い横道を歩いてると、急に目の前に人が出てきた。

危ないなぁ。ぶつかったらどうすんのよ。

文句でも言ってやろうとしたら、そいつは着ていた外套《がいとう》の前をがばっと広げた。

その中身は肌色だった。

え？　なんなの。なんで裸なのコイツ。

真っ裸に外套着て、素足に靴履いてんの？

え？　何？　どういうこと？

コレってアレか！　露出狂ってやつか。

ああ、春だもんね。暖かくなってきたけど、まだ日陰は寒いから外套を着ていてもおかしくないもんね。

え？　コイツ自宅からこの格好なの？　馬鹿《ばか》なの？　いや、変態か。そうか、変態なら大丈夫か。

いや、大丈夫って何が。

そこまで考えて、脳みそフル回転で混乱していた自分に気がついた。

ヤバイ。うら若き乙女として悲鳴を上げたり、顔を赤くしたり可愛らしい反応をすべきだったのに、何やってんだ私ってば。

「……ふっ」

思わず鼻で笑っちゃったよ。

そしたら変態男はショックを受けたようによろめきながら背中を丸めて去って行った。

何がしたかったんだろう？

ショックを受けるのは私のほうじゃないのか？

まともに見た男の裸が露出狂のものとか笑えない。うら若き乙女になんて物を見せてんだ。踏み潰すぞ。

なんて、ね。えへ。

とりあえず、巡回中の警備兵に訴えておいた。

早く捕まえてくれることを祈っておく。

「てなことがあったんですよ」

昨日の出来事はメイドの休憩室でお茶請けの話にしてみた。

「あらま。災難だったね。春になって暖かくなってきたからおかしなのが出始めたのかねぇ」

まるで虫のような扱いだが、女性にとっては繁殖能力の高い黒光りするあの虫と同じぐらい歓迎されないものだから間違いでもないか。

話を聞いていたひとりがナッツを口に放り込んでから話し始めた。

「私も去年遭ったわ」

「その時はどうしたんですか？」

「え〜。『ちっさ！』って言ったら泣きながら去って行ったわよ」

「あははは。それはひどいっ」

「でも本当に小さかったのよ。松茸《まつたけ》ならまだしも、しめじ？　それも赤ちゃんしめじよ。カサもないし短いし、目を細めてあるか確認しちゃうぐらいよ」

「それを見せようとするんだから、勇者よねソイツ」

お姉さま方は容赦がない。

見比べるほど見たことないから、どの程度なら大きいとか小さいとか、いつかわかるようになるんだろうか。……いや、そんなに数が見たいワケじゃないんだが。

笑いながら聞いていたマチルダおばちゃんが片手を上げる。

「私もあるわよ。それもつい最近」

「え？　アンタが？」

「何よ、その反応は。私だってまだまだ若いんだよ」

「アンタが若けりゃ、私なんてまだ生娘《きむすめ》さ」

大笑いするレダ姉さんに「お黙り」とマチルダおばちゃんがばしりと肩を叩《たた》いた。

見かけはレダ姉さんが若く見えるが、実は三つしか違わないらしい。姉さんすげぇ。

「さっきの続きだけどさ。あの時は、私の前を若い子が歩いてたんだよ。けど、通りに入る直前で曲がったのさ」

「露出狂も狙ってた若い子じゃなくて、飛び出したら年食ったアンタだったなら驚いただろいったら」

「喧嘩《けんか》なら後で買うよ？　でね、向こうも私を見て『あっ』って驚いてさぁ、もぉ気まずう」

変態相手に気まずくなる必要はないのでは？

「でもねぇ、せっかく出したんだから何か反応しないといけないと思ってね。感想を言ってみたのよ」

「何て言ったのさ？」

「ええっとね『全体的に細くて頼りないね。色も薄いし、使ってないんじゃないかい。娼《しょう》館《かん》で剝《む》いてもらっといで。ついでに男にしてもらってきな。なに、恥ずかしいのは一時《いっとき》だよ。それで、こんなバカな真似《まね》はおよしよ。路上で他人様《ひとさま》に見せるほど立派じゃないんだから。恥かくのはアンタだよ』ってことを話したら興奮してハァハァ息を荒げてきてさ、その上反応してるんだよ」

「あっははは。よかったじゃないか、アンタ相手でも興奮してもらえて。で？　その後どうしたのさ？」

「気味が悪くなって、持っていたリンゴを投げたらそいつの股間《こかん》に見事に当たっちゃってさ、前屈《まえかが》みになっている間に逃げたよ」

「あっはははは。変態のほうが災難だったね。折れたんじゃないのかい」

「折れたとこで使い道なんてあるもんかい」

「違いない」

変態相手に感想を言うおばちゃんもおばちゃんだが、それに反応する変態にはドン引きだ。さすが変態。理解の範疇《はんちゅう》を超えている。

リンゴで折れるかどうかは知らないけど、私には関係ないから別にいいや。

「あんたたちも覚えときな。ああいう変態は無視が一番だよ。反応すると喜ぶのが変態だからね」

おばちゃんの忠告に重みを感じる。

さすが年の功って言ったら怒られるかな。

成り行きとはいえ鼻で笑っちゃった自分が恥ずかしい。次に遭ったら無視して通りすぎようと心に誓う。いや、その前に遭わないことが一番か。

あの変態。貴族街に出たってことは貴族か、もしくは貴族街に出入りできる富裕層の市民で間違いないはず。

…………うん。考えるのはやめよう。

変態を捕まえるのは治安を守る警備兵さんたちの仕事だもんね。一介の下っ端侍女が考えることじゃないわ。

窓の外を見ると木の枝にぽつぽつと花が咲いていた。

ああ、春だなぁ。

◆　◆　◆　◆

しっとりと濡れたように艶やかな琥珀《こはく》色。ふんわりと柔らかいその姿。そして、人々を魅了してやまない芳醇《ほうじゅん》たるこの香り。

白い皿に鎮座するそれをフォークで切れば、しゅわと音をたててふわりと揺れる。口に入れた途端に広がる熟成された深いコクとまろやかな甘み。そして、鼻を抜けていく芳《かんば》しい香気。

ほろりと口の中で崩れるたびに、深い味わいが口の中を蹂躙《じゅうりん》する。

「……んぅまい」

ため息とともに感想を吐き出し、うっとりと目を細める。

漏れ出た吐息さえもったいない。全て体の中に留めたいぐらいだ。

さて、もうひと口。

「うぅんまぁいいぃいぃぃ」

ヤバイ。めっちゃうまい。

ほんの十数年しか生きてない私の人生の中でもトップクラスのおいしさだよ。

「おばちゃん、これ、すっごくおいしいよぅ。こんなおいしいの初めて食べた」

ケーキが乗った皿を捧げ持つ。

もう崇めてもいい。これは神の食べ物だ。

これを作ったマチルダおばちゃんは神の手を持っているに違いない。


場所はいつもの休憩室。

手洗いと着替えを済まして後は帰るだけとなった私たちに「よかったら食べない？」とマチルダおばちゃんがお誘いをしてくれた。

いつも助言や楽しい話題を提供してくれるマチルダおばちゃんが、手作りのブランデーケーキと紅茶を振る舞ってくれたのである。

そのケーキがめっちゃくちゃおいしい。

芳醇なブランデーが奥の奥まで染みに染みている。決してベチョベチョではない。しっとりしているんだよ。

ケーキの形を取ったブランデーといっても過言ではない。

ブランデー自体はちょっと苦手なんだけど、あの香りは好きなんだよね。パウンドケーキがそれに浸されただけで、こんなにも変わるなんて！

今、私の人生観が変わったよ。

「そこまで気に入ってくれたのなら、作った甲斐があったよ」

カラカラと笑うマチルダおばちゃんは勤続二十年にもなる大ベテラン。私が尊敬する数少ない人です。

たまにクッキーやカップケーキを差し入れてくれるが、ブランデーケーキは初めてだ。

前に店で買ったやつはこんな味じゃなかったよ。

たぶん、いいブランデーを使っているんじゃないだろうか。

「私もこんなにおいしいのは初めて食べたわ。さては、いいブランデーを使ってるね」

レダ姉さんも同じ結論に達したようだ。

マチルダおばちゃんは自分の分をパクリと食べて、なんだか妙にしんみりした顔をした。

「まぁね。二十五年物のブランデーだよ。それを二か月浸してたからね」

「それはもったいなくないかい？」

「いいんだよ、そろそろ頃合いだったからね。みんなでおいしく食べられたら嬉しいじゃないか」

そう言って笑ったおばちゃんはちょっとだけ寂しそうに見えた。

何かわけありなブランデーなのだろうか。

まぁ、考えたところで小娘の私にできることは、このうまいケーキを食べること以外にないだろう。少なくなったケーキを惜しみつつ、ひと口食べる。

はぁう～、至福。

おいしかったブランデーケーキを思い出しながら、日々の仕事に打ち込んでいく。

幸い、メイド仕事でも侍女仕事でも困った問題に遭《あ》うこともなく、日々は穏やかに過ぎていた。

なんて。油断した私が悪いのだろうか。

私は今、ドレスの着付けとメイクを手伝わされている。

うん。侍女の仕事だよね。

元々、侍女の名目で入ったのだからできますよ、ひととおりのことは。

「やはり、胸が余るな」

「もう少し詰め物を致しましょうか」

「うむ。頼もう。できれば柔らかい物にしてくれ」

「かしこまりました」

この低音渋声を聞いていただきたい。今、春らしい新緑のドレスを着ているのは、四十代のナイスミドルなおじさまである。

なんでこうなったかな。

仕事終わりに、客室に備品の補充を頼まれて向かった内の一室に彼？　彼女？　がいたのだ。

ドレスに手こずっていた様子に思わず「手伝いましょうか？」と言ってしまった。振り向いた顔がどう見ても男性だったことに、一瞬時が止まったが、なんとか目を逸《そ》らしながらも普通に振る舞った私って偉い。

それがよかったのか、着付けとメイクまで頼まれた。

ええ、やりましょう。こうなれば最後までお手伝いしますとも。

柔らかな布をベージュの薄布で包み形を整える。それを胸の部分に詰めていく。

男性の素肌にときめく要素が欠片《かけら》もない。残念なのは私か、この状況か。

黙々と作業をこなしていく。左右同じになるように、自然な盛り上がりを作る。

少し離れて全体を見ても不自然さはない。

そっと視線を下げる。

……詰め物。……いやいやいや、そんな。

だがしかし。しかしだが。

……今葛藤《かっとう》するのはやめておこう。うん。この結論は簡単には出ない。

次は鏡台の前に座ってもらい、化粧水をたっぷりとコットンに含めて肌に押し当てていく。

そうして下地をじっくり丁寧に作る。

髭の剃り跡を隠すために、厚くならないように塗っていかなきゃならない。色みは大事。オレンジのコンシーラで髭剃り跡を隠して、明るめファンデーションを重ねる。

アイラインは少し太めにして目をパッチリとさせて、眉は剃ると女装を解いた時におかしくなるのでベースでところどころ隠しながら眉を描《か》く。後は前髪を下ろして口もとに泣き黒子《ぼくろ》を入れる。

視線が下がって眉は目立たないいんじゃないだろうか。

試行錯誤しながらもなんとかメイクができた。

「いかがでしょうか?」

声をかけると、ゆっくりと目を開く。その目が驚きに見開かれた。

恐る恐る手が頬に触れ、鏡の中の自分を見つめて自然と言葉が零れた。

「これが、私……?」

ふっふっふ。わかる。大変身だよね。骨格は仕方ないとしても、化粧でかなり変わったはず。

声を出さなければ、大柄な女性で通りそうである。

まだ鏡に魅入っているおじさまは、左右上下と鏡で確認している。

どうよ、どうよ。すごくない?　すごいよね。

いやあ、いい仕事した。

普通の支度より充実感があるのはなんでかな。

「君、ありがとう。これは礼だ」

美魔女風になったおじさまが私の手に金貨一枚と小さな箱を乗せた。

チップに金貨は高価すぎな気もしたが、返すのも失礼だしありがたくもらっておこう。

これはおじさまの気持ちだ。

「君が良ければ、またお願いしてもいいだろうか」

不安そうな低音の美魔女に頼まれて断れる女がいるだろうか。いや、おらぬ。

笑顔で「私でお役に立てるならば光栄です」と猫被って答えておいた。

上客ゲットだぜ！

って、そんな商売してねえよ。

名前と所属を伝えて、美魔女おじさまは颯爽《さっそう》と部屋を出て行った。特注のデカいヒールを履いて。

喋るとバレるから気をつけろ、外務大臣。

しかし、あのおじさまを変身させるとか、自分のメイク術が怖いな。

おばちゃんたちのシミやシワ隠しの術を聞いといてよかった。やっぱり、おばちゃんたちの知恵ってすごいわ。

「若さに胡坐《あぐら》かいてちゃダメよ。若さなんてあっという間なんだから」

「化粧を舐《な》めんじゃないよ。厚く塗るなんて下策も下策。色を使いこなせば大抵のことはできるのよ」

「何よりも日々の手入れを怠っちゃ、後で後悔するよ」

まだ入りたての新人だった頃に、化粧はほぼしていないと言ったらすごい顔で色々と教え込まれた。

おかげで、化粧の重要性と奥深さを勉強させてもらった。でも、毎日は面倒なので、下地まではちゃんとしているけど化粧は簡単に済ませている。だって時間ないし。

今回の変身メイクは楽しかったな。あのおじさまも「また」とか言ってたし、次の機会があれば別のアプローチでメイクしてみたいな。

素材がいいと楽しいよね。

それに、使わせてもらった化粧品の豪華さといったら、もう感動ものだったわ。

もらった小さな箱が視界に入る。開けてみたら、中身はブランデーケーキだった。

なんて、奇跡。

早速ひと口食べてみたら、おばちゃんの物とタメを張るぐらいおいしかった。

第二章

王宮で働く使用人にも分け隔てなくちゃんと休みがある。職種によって変わるが、私の場合は侍女待遇なので、週に一度の休日と、長期の休みが年に二回あり、年始は交代制で三日の休みが取れる。どれも申請しなきゃいけないところに行政の悪意を感じる。

晩春から始まり初秋に終わる社交シーズンは、各地から貴族が集まるので王宮はかなり忙しい。その英気を養うために長期の休みがある。なのである。なので、遠慮なく帰ってリフレッシュしてくるのだ。

社交シーズンが春から秋までと聞くと長く感じるけど、うちの国は冬が長くて夏が短い。期間としては、一年の三分の一ぐらい。雪で閉ざされる冬は領地で過ごす。代官に任せっぱなしの貴族や、領地を持たない貴族は王都でサロンだ、お茶会だと変わらない日々を送っているけどね。

そんな長期の休みは、だいたい一週間ほどある。

実家が近い人は帰省するが、遠くて片道だけで五日もかかる人もいる。そういう人は二回ある休みを一回にまとめることもできるけど、実行する人は少ない。上がいい顔しないからね。

私の実家は、男爵領としては王都から近い場所にある。朝一に王都から乗合馬車を乗り継げば、夕方には到着できる。約十二時間。

王都から近い領地なんて、普通は爵位が上の人ばかりなんだよね。

じゃあ、うちがなんでそんな近い土地なのかというと、ご先祖様の功績と領地がド田舎だからとしか言いようがない。

何代前のご先祖様が狩猟大会の折に王族の命を救ったらしく、その功績で領地をいただいたらしい。

ただ、その領地というのが本当にド田舎。場所でいえば、王都の背後を守るカプノース山脈の麓《ふもと》にある。険しい山脈の中でも、うちの裏にそびえている山は人が通れるような道がなく、あったとしても獣道で人ひとりがやっと進めるような狭さだ。山脈の向こうの国との交易路にもならない。加えて、地形の関係でどこにも街道が伸ばせない、いわばどん詰まりの僻地《へきち》。

形ばかりの国境警備隊は、正規の警備兵がひとりいるだけ。町の隠居したじいちゃんたちと青年団が、当番制でそれを手伝っているというほのぼのぶり。

そんな僻地の町ふたつがうちの領地だ。人間よりも家畜の数が多く、畜産で生計を立てている。

移動だけで半日が潰《つぶ》れるド田舎な実家に、年二回帰省するのが私の楽しみなのだ。

王都を出て二時間。途中の町で乗合馬車を乗り換えて、再びガタガタと揺られる。道が悪いので縦横に揺れるし、気休めにしかならない布を板に張っただけの椅子《いす》ではお尻《しり》が痛い。

それも見通しての自作クッションを持参しているので、少しだけ快適だ。

ついでに自作の首クッションも巻いて、膝掛《ひざか》けも取り出す。春とはいえまだ肌寒いからね。

向かい側に座るおっちゃんから「姉ちゃん慣れてんなぁ」とお褒めいただいた。

帰省も五回目ともなれば慣れますとも。毎回改良してるんだよ。もう帰省のプロだね。

それでも、道が悪いから酔うのは仕方ない。

おっと、込み上がってきた酸っぱい物を飲み込んじゃったよ。

その後も何度か乗り換える。道が悪くなるにつれて実家に近づいているなぁと実感する。

最後には乗合馬車もなくなるので、実家方面に行く荷馬車などに乗せてもらう。領地に入ると知り合いもいるので「乗っていきな」という親切な隣人がひとりはいる。そんな時は、ありがたく乗せてもらうことにしている。

今回も運良く出会い、飼料を積んだ荷馬車に揺られている。

陽《ひ》が落ちそうな山を仰ぎ見る。今回は思ったよりも早く着きそうだ。

山頂はまだ白い雪で覆われているが、中腹のほうは岩肌が少し見えている。夏になれば緑で覆われるのだろう。

懐かしい風景に、帰ってきたという想いが溢れる。しみじみと感傷に浸っていたいが、悪路に体を揺らされて早々に諦めた。

兄よ、もう少し街道整備やろうよ。これじゃ行き来だけで疲れるわ。

ダメ元で提案してみようか。多分、採用はされないだろうな。街道よりも農作物や町の建物補修などを優先するからね。

滅多に帰らない妹の提案ぐらい聞いてくれる度量がもう少しあればこの町も発展するんじゃないかなとは思う。

乗せてくれたおっちゃんに礼を言って荷馬車から降りる。

坂を上れば、実家は目の前だ。

てくてくと歩くことしばし。陽が落ちる前にようやく見えてきたのは懐かしの我が家。

あぁ、変わってないなぁ。

去年強風で割れた窓ガラス部分には板が打ち付けてあった。直してないじゃん。

強風で麦とか軒並み倒れたもんなぁ。どうせ私の仕送りもそっちに回したんだろうなぁ。

領民の生活も大事だけど、自分たちも大事にしてくんないかな。

「あれまぁ。お嬢様。お帰りなさいまし」

庭の菜園を手入れしていたマルムがふっくらとした体を起こして笑顔で迎えてくれた。服も顔も土で汚れているが、変わらぬ温かい笑顔に頬が緩む。

「ただいま。父さんや兄さんたちは？」

「旦那《だんな》様はカノーエの町に行っとります。坊ちゃんたちは見回りに行かれてますが、もうすぐ帰ってきますよ。若奥様は婦人会に行っておいでです」

「なんだ。誰もいないのね。まぁ、いいや。また二日間よろしくね」

マルムはうちの家事を手伝ってくれるメイドさん。もうひとりメイドのヘレンと、執事のショーン、料理人のファーガンとレントがうちの使用人。

後は町の庭師さんが週一で来てくれる。

執事と独身のレントがうちに住んでいて、他のみんなは町からの通い。

この少人数でも回せるんだから、家の規模は察してほしい。

家に入ると自分の部屋に荷物を置いて、使用人のみんなにお土産を渡す。手荷物だから、本当に小さい物になっちゃうんだけど、結構喜んでくれた。

厨房に顔を出すと夕飯が近いせいかふたりとも忙しそうに働いていた。

そこで思いついたのだ。久々に父さんたちに手料理を振る舞ってみようと。

いい考えじゃない？　苦手な料理をあえて頑張って振る舞ってみたら感激しない？

王宮でおいしい食事も食べたし、私の料理の腕も上がっているはず。

拳《こぶし》を握って意気込む私を見て、料理人のふたりはなんとも言えない顔をしてたけど、気のせい気のせい。

一品だけという約束で作らせてもらった。

そりゃね、今晩のメニューは決まってるんだし、そんな大した腕はないので一品ぐらいしか作れないからちょうどいい。

よし！　やるぞ！

気合いを入れて包丁を持つと、そのまま振り下ろして材料を真っぷたつに切った。

作業をする度にファーガンがちらちらとこっちを見てくる。

大丈夫。ぎこちないけど、ケガとかしてないから。

安心して。と気持ちを込めて笑顔を向けたら、眉を下げてため息を吐いていた。

心配性さんめ。

ちょっと卵の殻が入ったりもしたけど、なんとか出来上がった。ファーガンが飾り用にとくれた野菜を盛り付けたら、なんということでしょう、素敵な一品の完成です。

ちょうど作り終わった頃に、父と義姉が帰ってきた。ふたりに「お帰り。ただいま」と妙な挨拶をしていたら兄たちも帰ってきたので、同じように挨拶をする。

「帰るならちゃんと知らせろ」

帰るなり長兄から小言を言われた。

「ちゃんと手紙は出したよ」

「手紙は届いたが帰ってくる日付が書かれてなかったぞ」

え？　ごめーん。

可愛い妹のうっかりに、そんなあきれた顔をしなくてもいいじゃん。

お土産あげないぞ。

「みなさん、ご夕食ができていますよ。ご準備してください」

マルムが急《せ》かすように手を叩く。

みんな着替えてくると部屋に行ったので、私は先に食堂で待っていた。

父が上座の席に座り、長兄と次兄がその両横に座り、長兄の横に義姉。私は必然的に次兄の隣に座る。

食事を持ってきたファーガンが震える手で私の料理をみんなに配膳した。

そんなに緊張しなくてもいいのに。

「本日はお嬢様が皆様のために一品作られました」

視線が斜め下になっているファーガンの説明に、みんなの視線が目の前の皿に注がれた。

その名もアンナちゃん特製オムレツ～♪

まぁ、少し焦げたけど。ちょっとだけだし、大丈夫、大丈夫。

味見はしてないけど、たぶん大丈夫、大丈夫。

「なんだか、とても茶色いねぇ」

「アンナ。あれほど料理はするなと言っただろうが」

「このどろどろの中身の正体は何？　どう作ったら中も外も茶色くなるのさ。卵の黄色はどこにいったんだ」

「あの、せっかくアンナちゃんが一生懸命作ってくれたのですからいただきましょう？」

父、長兄、次兄、義姉の賑《にぎ》やかな反応が懐かしい。帰ってきたなーって感じになる。

しみじみと感慨にふけっているなか、意を決した父がひと口食べてくれた。

顔色が瞬時に悪くなる。

あれ。どうしたの？

「父さん！　無理しないで吐いて！」

次兄が顔色を変えて父の背中をさする。

長兄が中の具材だけ口に入れて、すぐに吐き出した。

「しょっぱっ！　しかも苦い。お前味見してないだろっ！　ニナ！　食べるな！　危険すぎる」

「でも、ひと口ぐらいなら」

躊躇う義姉の手は震えていた。

「ダメだ！　アンナの料理に耐性がないんだから口にするなっ！」

「父さん、無理して飲み込まなくていいですからっ！　ファーガン、これは下げて！」

長兄と次兄がうるさい。

なんだ、人の料理を危険物みたいに扱いやがって。ちょーっと失敗しただけじゃん。

ぶーぶーと文句を言えば三倍になって怒られた。

解《げ》せぬ。

おかしいなと思いつつ、自分の分をひと口食べてみる。

「ぐふぉっ」

にが……つか、からい。

あれ？　なんで？

隠し味を入れるとおいしくなるって王宮のコックに聞いたから色々入れたのに。なんで？

「いいか、アンナ。お前は金輪際《こんりんざい》、二度と料理をするな。お前の料理の腕は壊滅的すぎる。いいな？　わかったな⁉」

長兄の懇々《こんこん》と諭《さと》すような説教に一応了承したけど、納得いかぬ。

隠し味を間違えただけだもん。ちゃんと作ってたらおいしかったはずだもん。

ぶすーっと膨れていると、父が「気持ちはとても嬉しかったよ、ありがとう」と頭を撫でてくれた。

貴族なのに農作業を手伝ったりするゴツゴツした父の手に、子どもに戻ったようで少しだけ気恥ずかしかったけど、嬉しかった。


料理は諦めて、翌日は屋敷中を掃除して回った。

これは得意分野なので、マルムとヘレンにも感心された。えへん。

王宮で日夜腕を磨いていますからね。一日かけて窓も床もピカピカに仕上げたよ。

高いところは無理だから、手の届く範囲内しかできなかったけどね。

ヘレンはまだ若いけど、マルムは腰痛持ちだし、こんな時ぐらい頑張ろう。

「本当に、掃除だけは完璧だよね」

「貴族令嬢には要らない特技だけどな。それよりニナに刺繍でも習え」

兄たちよ。褒めるならちゃんと褒めろ。

刺繍など遠慮したいところだが、やる気になった義姉の誘いを断れず二日目の午後は刺繍三昧となった。

刺繍好きな義姉の指導は意外とスパルタで、メイドのおばちゃんに似ていた。おかげで私の刺繍の腕前が上がった気がする。

まぁ、一応合格はもらえた。なのに、次の帰省までの宿題までもらってしまった。

部屋の壁に飾れるタペストリーを一枚。

なんてこった。大物すぎやしませんか。


そんなこんなであっという間に二日は過ぎて、帰る日になった。

なんで来た時よりも荷物が増えるんだろうね。

帰省の不思議。

じゃあ、また手紙書くね。とみんなに手を振る。次兄が隣町の乗合馬車まで送ってくれるというので、遠慮なく甘えた。

「無理して帰ってこなくていいんだぞ」

「やだよ。私の楽しみなんだから」

「大変じゃないならいいけどな」

「大変だけど、それに見合う喜びがあるからいいの」

次兄との他愛《たわい》ない会話は途切れ途切れに交わされる。無言も別に気まずくはない。

馬車乗り場に着くと、別れを告げた次兄が帰って行く姿を見てちょっとだけ泣きそうになった。

ちょっとだけね。ちょっとだけ。


乗合馬車に再び揺られる。

ガタンゴトンと揺られながら見える景色は懐かしい風景。

あー、あの橋新しくしたんだ。とか、あの水車小屋まだあるんだとか。郷愁に駆られる私の耳に太ったオヤジのイビキが襲いかかる。

そのまま爆睡して目的地を乗り過ごして大いに焦るといい。そんなことを念じて素早く耳栓を装着した。

◆　◆　◆　◆

義姉から出された宿題はタペストリーを一枚仕上げることだった。

モチーフは自由で、大きさは大体新聞紙くらい。いやいや、デカくない？

最初は倍の新聞紙を広げたぐらいを言われたけど、仕事があるから無理だと突っぱねた末の妥協点らしい。刺繍好きの義姉なら喜んで作るんだろうが、ぶっちゃけ、面倒くさい。

針仕事は姉とマルムから教えられたからひととおりできる。淑女《しゅくじょ》の基本という刺繍はもとより、服の繕いや簡単な服なら作れる。できるからといって、そこまで好きでもないんだよ。

次の帰省は社交シーズンが終わる秋。約半年。

図案考えたり下書きしたり準備をして、余裕をみてもギリだな。

その辺りわかってて宿題を出す義姉は優しそうな顔してスパルタ教師かもしんない。

「アンナちゃんと刺繡ができるなんて嬉しいわ。たくさん教えてあげるからね」

嬉々《きき》として準備をしていた姿に嫌とは言えなかったんだよなぁ。

宿題も、ご褒美みたいな気持ちで出してた気もする。

やっぱり、義姉はただの刺繡好きだ。


嘆いても悩んでも仕事はやってくる。今日からの仕事は天井磨きだ。

意味がわからんだろう？　私もわからん。

文字通り、足場を組んで天井を磨く仕事である。

社交シーズン開始となるフラウアの祝祭で使うふたつの広間が対象で、二週間以内に足場設置から撤去まで全部終わらせないといけない。

日程が厳しすぎる。

舞踏会とかやる大広間って天井画とか天使像とか装飾とか多いじゃない？　埃とか煤《すす》とかで汚れるから掃除して綺麗するの。

年に一回の大掃除。というか、突貫掃除？

もう少し余裕もって日程を組もうよ。

体力勝負だから、若手メイドの仕事なんだよね、これ。

もう、業者入れたほうがよくない？　外部発注しようよ。なんで私たちがやるの？　男性がやれよ、女性の仕事じゃないよね。侍従とか騎士とか、文官とか男は溢れるほどいるじゃん。この際、庭師でもいいよ。連れてこい。

経費削減というなら、こんなとこ削るより王族の遊興費を削れよ。王妃のドレス一、二着諦めれば出せるだろうに。

それともうちの国って超貧乏？　やだ、お給金大丈夫かな。


そんなこんなで始まった天井掃除は『天使の間』と『愛の間』の順番で行われる。

『天使の間』は天井画や壁に掛けられた絵画に天使が描かれている。燭台や飾られた彫刻も天使だらけ。あの世かってぐらいに天使だらけ。

この部屋で『天使のような君を私の傍《そば》に留めておきたい』と国王陛下が王妃に薔薇《ばら》を差し出してプロポーズしたらしい。

あまりにも数が多い天使に監視されている気持ちになるのは私だけだろうか。こんな場所でプロポーズとか正気を疑う。

『愛の間』は成婚記念に王妃のために作られた広間。

王妃への愛を込めて、王妃が好きな薔薇とピンクで彩られたある意味常軌を逸した広間でもある。ちなみに差し色は金だ。私の趣味ではないだけで、好きな人はこの甘ったるい広間にときめくことだろう。

足場を組むのは騎士団とかがやるんだけどさ、その時にイケメンとちょっと仲良くなれたりして～なんて思ったが、淡い期待だった。

無理、無理。

天井掃除用の服装があるんだけど、それがもうひどい。

埃が落ちるから完全防備なのよ。髪を大きめの布で巻いて、大判マスクしてやるから目ぐらいしか見えないし、誰が誰だかわかんないのよ。

服装だって、男性みたいにズボン履いてその上にエプロンを装着する。そんなダサい格好でイケメンな騎士に話しかけられないじゃん。

最っ悪っ‼

つか、騎士団員が上って掃除したらいいんじゃないかな。自慢の筋肉を使え。

「若いんだから、頑張んな」

おばちゃんたちのありがたい激励と掃除のコツを受けて、くそダサい服に着替えたみんなでぞろぞろと広間に入る。

煌びやかやな広間には無骨な足場がそびえ立っていた。

「これ、上るのか」

「そんなことより身バレしたくないわぁ」

こそこそと囁《ささや》きあう私たちを見た若い騎士が隅で笑っていた。

そこの若手騎士。顔を覚えたぞ。今すぐ笑い止まないと、ない噂とない噂を立ててやる。

けっ。

怒りを気合いに変換して、軍手をギュッと嵌《は》める。

気合いは充分。

さながら、気持ちは戦場へ赴く戦士。

みていろ汚れども。駆逐してくれるわ。

それぞれが羽根箒《はねぼうき》などの武器を装備して、いざ開戦。

天井画に繊細な羽根箒で埃を落とし、大小ある刷毛《はけ》を使い細部まで汚れを掻き出す。そして柔らかな布で天井や柱を磨き上げる。

文字にするとあっという間に終わりそうだが、現実にはかなり大変。

ほぼ腕を上げている状態だから、最後のほうは腕がぷるぷると震えるぐらい疲れる。

私は背が低いから天井は無理なので、柱や壁を中心に掃除している。爪先《つまさき》立ちしても届かないんだから仕方ないじゃん。

天井と柱が終わったら、シャンデリアも下ろして掃除する。これがまた面倒。パーツ毎《ごと》に分解し、こびりついた蠟《ろう》を取って、煤を払って、布で磨いてまた組み立てる。

こういう細かい作業は嫌いじゃないし、シャンデリアの掃除を私たちがやるのはわかる。

だが、再度問おう！

天井の掃除って私たちの仕事か⁉

ちなみに、私たちの掃除が終わったら画家が天井画の修復をやるらしい。足場大活躍。


天井磨きで腕を酷使して疲れ、タペストリーの図案をあれこれ考えて脳が疲弊した。

しんどい。めんどい。

モチーフ……。テーマ……。なんにしよう。

草花は定番だけど、面白くないんだよね。

やるからにはオリジナリティというか、人と違ったものを作ってあっと驚かせたい。

「なにやってんの？」

休憩室で差し入れの焼き菓子を食べつつ途方に暮れてたらレダ姉さんに声をかけられた。

素直に義姉に刺繡の宿題を出され、そのモチーフに悩んでると告げた。

「面倒くさいもんやってるわね」

「やらないわけにもいかないんですよ。でも、やる気でないぃ。めんどくさいぃ」

疲れもあって、ぐでんと机に突っ伏す。

とりあえず下絵だけでも今月中にやんないと間に合わないんだよなぁ。

「お義姉《ねえ》さんに見せたら、秋の芸術祭で出品したら？　美術館で素人《しろうと》の展示即売会ってのがあったはずよ。手芸好きの人たちが出品してて、出来が良ければ買い手がつくわよ」

「え？　芸術祭ってそんなのあるんですか？」

春の女神の訪れを祝うフラウアの祝祭で社交シーズンが始まり、秋の狩猟祭で終わる。その後に開催されるのが芸術祭だ。

領地に帰る前のお楽しみみたいなお祭りだ。聞いたところによると、王家主催じゃないので、王族も観覧にやってくるんだとか。

王都のあちこちで音楽が流れていて、絵の展示会だの劇の特別上演だの、路上劇場など様々な催しがそこかしこで開催されるそうだ。

興味が湧《わ》かなかったので、今まで行ったことはない。というか、その期間の仕事を有料で代わってあげていたので、行く暇がなかったというか……。

有料っていってもお小遣い程度だよ？　無償だとお互いに気を遣うじゃない？

まぁ、そんな些事《さじ》は置いといて。

レダ姉さんが言うには、展示即売会は貴族街では美術館で、市民街では大きな公園などで開催されるそうだ。

上手く作れば金になる！

これは、やる気出るわ。

まぁ、ご令嬢方は売り上げを孤児院とかに寄付してるらしいが、そんなもんは個人の自由だもんね。そういうのは富める方々にお任せしよう。

よしっ！　やる気出た。気合い入れて頑張ろう。

改めてお礼を言うと笑顔で返された。

来週から始まるフラウアの祝祭で、ここ最近激務のはずなのに、レダ姉さんは疲れた様子もなく、むしろキラキラしている。

「そういえば最近、肩揉めって言わないですね。それに肌艶もよくなったような……」

「うん？　知りたい？　どうしよっかなー。教えちゃおうかなぁ」

「知りたいっ！　教えてお姉さま」

「あはは。仕方ないなぁ。特別に教えてあげよう」

ニヤッと笑って、耳打ちして教えてくれた。

なんでも、すごく腕のいいマッサージに通っているのだとか。

聞き慣れない仕事に首を傾げると、体を手で揉《も》み解して疲れを取ってくれるそうなのだ。

眉唾《まゆつば》もんだなぁとは思うがお姉さまの活《い》き活《い》きしている姿を見ると、ちょっと興味が湧いてくる。

「騙されたと思って行っておいでよ。店員さんは店長以外全員女の子だから恥ずかしくないわよ」

　そういってお店の名前や場所を書いた紙をくれる。レダ姉さんの名前を出すと割引してくれるらしい。

　割引とか無料とか大好物です。ありがとうございます。


『天使の間』の掃除も終わり、次の天井掃除は『愛の間』。もう字面《じづら》だけで笑える。

『愛の間』には薔薇の彫刻や装飾がこれでもかと過剰に施されている。薔薇が大好きな王妃のために新しい品種まで生み出し、プロポーズにまで使用した国王陛下の愛は重そう。

　広間の四隅に置かれた愛の女神像は王妃がモデルらしい。随分と愛らしい女神像なので、新婚時代をモデルにしたのだろう。

　新婚時代の甘い思い出に溢れ返った『愛の間』を、両陛下はどんな思いで使用しているのか聞いてみたい。

……ぶふっ。ふっ、くくく。

　ヤバイ、笑える。

　頑張れマイ腹筋、負けるな表情筋。

　大判マスクがあってよかった。揺れた肩は隠せないが。

　まぁ、そんな笑い話はいい。

『愛の間』だろうと『天使の間』だろうと、やることは同じだ。

ただ、薔薇の彫刻って溝が多いんだよね。それが、天井や柱とか至るところに絡みついている。

おわかりのとおり、すっごく面倒くさい。

羽根帚や柔らかなブラシで埃を落として、柔らかな布で乾拭《からぶ》きして磨くの繰り返し。溝が多い分埃も多いし、変に写実的な物は溝が深いので掻き出すのがそれはもう大変。

次からは掃除のことを考えた装飾にしていただきたい。なくてもいいと思う。

シャンデリアにも薔薇の装飾が多い。あれを最後に磨くのか……。ため息しか出ない。

とりあえず目の前の薔薇をどうにかしよう。

もうみんな無言で拭いてる。

職人に言葉は要らない。


天井掃除で何がいいかといえば、他人の情事に遭遇しないことだろう。

ばったり出会う気まずさも、変に気を遣うこともなく、ただひたすらに掃除に没頭できる。

平和だ。

メイド間を飛び交う噂話の中で、ひとりの若手騎士がどSな近衛騎士の毒牙にかかったというのがあった。

思い当たることがなくもないのだが、アレが原因だったなら申し訳ない。

侍女仕事の時に、近衛騎士団長へ用事があるので案内を頼みたいと呼び止められたのが、天井掃除の時に大笑いしていたあの若手騎士だった。

向こうは気がついてないが、こっちはすぐにわかったね。

こいつ、どうしてやろうか。なんて考えていたら、あっという間に団長室に着いちゃった。残念に思いながら取り次いだら、部屋には忘れられない鞭と蠟燭の勇者しかいなかった。

「団長は今手が離せない状態なので、私が預かりましょう。せっかくですから、お茶でも飲んでいきませんか？」

柔和な笑顔と物腰で誘われ、若手騎士は何も疑うことなく中へと消えた。

「案内ご苦労様」と言われたのに、なぜか「とっとと帰れ」と聞こえたのは気のせいだろうか。逆らうことなく帰ってきたので、その後どうなったのかは知らない。

団長が手が離せない理由が気にはなったが、知りようもないことは仕方がない。

そう。私にはどうしようもない出来事だったのだ。だから、私のせいではないはずだ。

……たぶん。

ほんの少し罪悪感があるので、ない噂を立てるのは止めておいた。

◆　◆　◆　◆

仕事の合間に義姉からの宿題に頭を悩ましている。

タペストリーの図案は動物や植物が一般的だ。でもそれだと他の作品と被るし、埋没しやすい。

売るためには目に留まらなきゃいけない。ありきたりな物じゃダメなんだよ。

だから、草花も小動物も却下。神話や英雄譚もありきたりだが、見栄えはするんだよね。

どれか一節を刺してみようかな。

何がいいかな。それなりにインパクトがあって人目を引く題材。


そうだ！

英雄王の奥さん、サメロンの有名な場面にしよう！

決めてしまえば後は早い。構図を決めて下書きもした。

大まかな配色を考えてみたが、やっぱり糸が足りない。圧倒的に赤系が足りない。

そんなわけで、休みの日に刺繍糸を買いに街に来たら、偶然にもベネディクト子爵に会った。

よく会うけど、仕事してるんだろうか。それとも朝帰り……いや、昼帰りか。

今日は残念ながらキングレイ氏は一緒ではないらしい。

特級物のネタ提供ができるかと言われたら、少し難しい。よくて上級物ぐらいだろうか。

いやいや。私は口の堅い侍女。

「お勤めご苦労様です。夜勤明けに長話は酷ですので、私はこれで……」

今回は文句を言われる前に笑顔で挨拶をしてやったのに顔をしかめやがった。

「誰が朝帰りだ。生憎と仕事帰りだ」

「……へぇ」

「なんだ、その疑いの目は。失礼な奴だな」

日頃の行いでは？

言わずにおいたのに、じろりと睨《にら》まれた。

理不尽。

そういや、子爵はなんの仕事してるんだっけ。

毎回女連れでしけ込んでるとこしか見ないし、特別興味もないからなぁ。まぁ、いいか。

私には関係ない。

「それは、それは、お疲れ様でございます。では、失礼いたします」

「待て」

引き返そうとした二の腕をぐっと掴《つか》まれた。

やめろ、そこは腹の次に触っちゃダメなとこだろうが。

やめろ、揉むな。握るな。離さんか。

被害を受けてるのは私なのに、なぜため息を吐かれなきゃならんのだ。

納得いかぬ。

ムカついたのでふらついたフリをして踵《かかと》で奴の足先を踏んだ。短い悲鳴とともに手が離れる。

けけ。ざまぁみろ。

「こいつ。……まぁいい。ちょっと付き合え」

なんでだ。

私の貴重な休みだぞ。用事だってあるんだぞ。

断ろうとしたら、ご飯を奢ると提案された。

まぁ、話ぐらいなら。うん、そこまで言うならご飯ぐらい付き合ってあげようじゃないか。

連れてこられたのは、ちょっと上品なレストランの半個室。

常連感をバンバン醸し出してた。さすが侯爵家のぼんぼん。

そうか、こういうところに連れ込んでんのか。

「違うからな。ここは仕事で利用するんだよ。女性を連れて行くならもっと洒落た店にする」

…………一応、女性ですが？

「女性と見られたいなら、もう少し成長してこい」

胡乱《うろん》な目で見たら、鼻で笑われた。

お前、今どこ見た？　ケンカ売ってんのか。

蹴ろうと思ったが、広いテーブルのせいで届かなかった。大衆食堂ならば確実にヒットしていたのに。無念。

そりゃね、子爵の恋人たちと同じ扱いされても困るからいいけどさ。

だからといって粗雑に扱われたいわけでもないんだよ。

はぁ。乙女心は複雑ね。

しばらく待つとサラダと前菜が運ばれてきた。ただの野菜なのに綺麗に盛られている。色のバランスもいい。

すごいな。見た目が違うだけで食欲が湧くもんだね。

同じサラダでも、私が作った物はなんであんなに怒られるかなぁ。

怒る兄と顔を青くした父の姿を思い出す。

……あれか？　オリジナルドレッシングが悪かったのだろうか。

要らぬ過去を思い出しながらも料理を堪能してるとメインの肉がやってきた。厚い肉のステーキが私の目の前に降臨する。

休日の昼間からこんなランチが食べられるなんて、贅沢《ぜいたく》すぎる。

さすが侯爵家のぼんぼん。普段からいい物を食べてるわ。

初めて尊敬したよ。

震える手でナイフを入れれば、程良い弾力を感じさせながらもすぅっと切れる。

ひと口食べれば口の中に広がる肉汁と、ほんのりとした甘みのある塩気が混ざり合い、軟らかく崩れ溶ける肉とともに喉《のど》へと落ちていく。

簡単にいえば、うまいのひと言に尽きる。

「すっごくおいしいです。さすが侯爵家のぼし……次男様」

「素直に喜べないのが残念だよな、お前って」

「前言撤回します」

私の尊敬を返せ。

厚みのある肉は返さぬが。
もぎゅもぎゅと噛めば溶けるようになくなる肉。
うまい。うまいが、儚《はかな》い。
口に入れたのは幻かと疑いたくなる。
これが霜降《しもふ》りというやつか。
うまい。涎《よだれ》が溢れる。
付け合わせのポテトさえもうまい。
なんだ、ここは楽園か。
子爵の存在を忘れて、料理に集中していた私は子爵の呟《つぶや》きが耳に入らなかった。
「お前、細すぎだろ。ちゃんと食えよ」
もぎゅもぎゅもぎゅもぎゅ。
ごっくん。
もぎゅもぎゅもぎゅもぎゅ。
もちもち。
ごっくん。
もぎゅもぎゅもぎゅもぎゅもぎゅもぎゅ。
「いや。長いだろ。どれだけ噛み締めて食べてるんだっ」

そりゃ、またいつこんな高級肉を食べられるか、わかんないからね。舌と目と脳に刻み込んでおかないと。

ああ、もうなくなってしまう。

「まぁ、いい。食べながらでいいから聞けよ?」

はいはい。ちゃんと聞きますよ。

口の中に入っているので、無言で肯く。

「お前『真実の愛』って信じるか?」

もぎゅ…………ごくん。

飲み込んで、子爵を見れば、見たこともない真剣な表情をしていた。

軽口とか冗談交じりの話ではなさそうだ。

「信じてますよ。王宮の幽霊ぐらいには」

口端が歪《ゆが》むのは仕方ない。

私の返事に子爵はあきれた顔をした。

「それは、信じてないんじゃないのか」

「信じてる人にはそれが真実ですよ。そんなもんでしょ?」

幽霊だって信じてる人はいると思ってるし、信じてない人にはいない存在だ。

私は『真実の愛』なんて、毛ほども信じちゃいないし、心底馬鹿らしいと思ってる。

でも信じてる人には存在するし、絶対的な存在なんだろうね。厄介なことに、さ。

私が嫌いなのは、『真実の愛』を信じている奴らのほとんどが妄信的で押しつけがましい陶酔者が多いからだ。

みんながみんな『真実の愛』を素晴らしくて尊くて唯一無二だと思ってると信じてる。祝福されて当然、尊重されて当然という態度の奴が多いのだ。

そんな『真実の愛』なんて馬鹿馬鹿しい。

中には本物があるかもしれない。探す気なんてさらさらないけど。

「名高い子爵様もついに見つけましたか？」

肯定したら腹の底から軽蔑《けいべつ》してやる。

きっと今の私は意地悪い顔してるんだろうなぁと思いつつ、見返すと珍しく爽やかな笑顔で「まさか」と笑った。

「俺が真実の愛に目覚めたら、王都中の女性が泣き崩れるじゃないか。そんな可哀想なことはできないな」

可哀想なのはお前の頭だ。

子爵はどこまでも子爵らしい。

安定のクズさにほっとしたような複雑な気持ちである。

「実は、最近とある令嬢に『真実の愛』だと迫られてるんだ。どう対処しようか悩んでいてね。女性の意見を聞かせてくれないか」

押しかけ女房みたいなやつかな。

『真実の愛』を免罪符にして、子爵を捕まえる算段か。

可哀想に。けけけ。

こんな話を『真実の愛』が大好きな女性たちには話せないわな。下手に話せば反感を買うしね。

相手の名前を聞けば、社交界デビューしたばかりの恋や愛に夢を見る子爵令嬢だった。

「また厄介なもんに手を出しましたね。いつから初物喰《はつものぐ》いになったんですか？」

「お前、少しは言葉を飾れよ」

「ちゃんと人を選んで発言してますよ。それで、その夢見る令嬢を嫁にしたがるような奇特な知り合いはいないんですか？」

とりあえず、うまい肉の分くらいは働かないとダメだろう。

次の高級海鮮料理のために、ない知恵を絞ってやろうじゃないか。

「まぁ、いないこともないが……」

「じゃあ、そのふたりをくっつけちゃえばいいんですよ。子爵様ではなく別の人と『真実の愛』を見つけてもらいましょう？」

「相談しといてなんだが、お前さらっと酷いな」

「あ、持ち帰りでカツサンドお願いします」

「おいっ」

カツサンドがあるかは知らないが、子爵様が言えば軽く作ってくれそうな気がする。腐っても侯爵家のぼんぼんで常連さんだ。

その肩書をたまには有効に使ってくれ。

「王宮の幽霊ですよ。揺れたカーテンを見間違うことなんてよくある話です」

最後のひとかけらを口に入れる。

グッバイ高級肉。君の味はしばらく忘れないよ。

「真実の愛に酔いやすい男性を紹介すれば勝手に盛り上がりますよ。夢子ちゃんならふたりの男性に取り合われる悲劇のヒロインとか好きそうですし。そこで子爵様が身を引けば、ほら、美談の出来上がり」

綺麗に食べ終わった皿にカトラリーを置く。

実際に酔いやすい奴らは勝手に盛り上がってくっつきやすい。だからこそ、結婚して冷静になると浮気したり別れたりするんじゃないだろうか。

そうならない人もいるけどね。少ないけど。

「物は試し、か。……そういや、お前は何をしてたんだ？」

「今さら気にします？　刺繍糸を買いに来たんですよ」

ほら。と手芸店の紙袋を見せれば「刺繍ができるのか」などと失礼な発言をされた。足先を踏んだ時にグリグリと念入りに踏みしめてやればよかった。

私もまだまだ詰めが甘い。

帰省した時に義姉に刺繍の宿題を出されたことを話した。その流れで、題材を有名なサメロンの場面にしたと伝えると、なぜか頭を抱えた。

「よりにもよって、どうしてそれを選ぶんだ……」

どうしました？

頭痛のようですが、二日酔い？　それとも何かの病気？

……やだ。ちょっと離れとこう。


刺繍や絵画で神話や聖書の一場面をモチーフにすることはよくある話だ。タペストリーだから壁飾りとしても見栄えすると思うんだよね。英雄王の話で、サメロンといえばコレという有名な一幕がある。

好色な英雄王の愛人たちに嫉妬した王妃サメロンが、愛人たちの首をテーブルに並べて王をもてなすという場面だ。

女の嫉妬と王妃のプライドを表したその話は、夫や恋人の浮気に悩む女性たちにとても人気がある。

ちなみに、英雄王はその後もいろんな女性に手を出してはサメロンの悋気《りんき》に触れている。

浮気する男は同じことを繰り返すという教訓らしい。

幾度も繰り返される浮気でも、サメロンは離婚することはなく、時に英雄王に献身する。

彼女にとっては、『真実の愛』だったんだろう。

◆　◆　◆　◆

あ、あっ、あっ、あん、そこ、そこぉ。

あ、ヤバい、そこイイ！　あ、あん、イイ！

いやん。そこ、ゴリゴリしちゃダメ〜〜。

あっ、あっ、そこ！　そこいいわ！

く〜〜〜！

快感が言葉にならない。気持ち良すぎてよだれが出そう。

「くはぁ〜。てくにしゃ〜ん」

「変な声出さないでちょうだい」

思わず声が出たら頭をぺちんと叩かれた。

だって、超気持ちいいんだもん。肩甲骨《けんこうこつ》のそこ！　あぁそこそこ。

おふぅ、たまらんですたい。

「変な声出す奴はこうだ！」

って足裏をグリグリとやられた！

アカン！　そこはアカンやつ。脳天まで痛みが突き抜ける。

声なき悲鳴ってこれのことか！　ってぐらい痛かった。

「はい。おしまい」

「……あざーす」

本日は、貴族街と市民街の境目にあるお店でマッサージなるものを受けている。

路地裏にある「ほぐし屋にゃんにゃん♡」というラブリーポップな看板が目印の可愛いお店。

店名といい、ピンクとリボンとフリルの店内といい、ツッコミどころが多すぎる店なんだが健全なお店です。

その上、腕がいい。もう本当にスッキリとする。全身コースなんて昇天しそうなぐらいに気持ちがいい。

今日は肩・背中コースだったのだが、不意打ちされた足裏はサービスだという。

スッキリはしたけれど、痛みのほうが強かった。

サービスとはいったい……。

いやん・あはんなお店が軒を連ねる裏通りの端っこに『ほぐし屋にゃんにゃん♡』はある。

ピンクの文字で飾られた『にゃんにゃん♡』の看板の上部には「ほぐし屋」の文字が申し訳程度に小さく書かれている。

周囲の店と遜色《そんしょく》ない派手な外観には、店員の似顔絵を貼って「当店のナンバーワン！」とか「期待の新人」とか煽《あお》り文句が書かれている。メニューも三十分いくらと時間制で書かれていて、各種サービスありますの文字。

もう外観から店長の茶目っ気というか、罠《わな》をひしひしと感じる。

絶対にワザとやっているよね、店長。

店員さんは黒のワンピースに白いエプロンというハウスメイドのような制服に猫の耳が付いたカチューシャを着けている。

『にゃんにゃん』だから猫なのだろうけど、なんで耳？　可愛いけど。

よくわからんが、そこがいいと通う常連は多いらしい。

こんな怪しげな場所にある見かけも中身も怪しげな店なのに、サービス内容は健全すぎるほど健全だ。ギャップがひどすぎる。

店長曰く、間違えてやってきた客を泣き叫ばせながら体の凝りをほぐすのが楽しいのだとか。

なんとなく、不本意ながら、なんとなくはわかる。蟻《あり》ぐらいの理解力だが。

女性店員しかいないと聞いていたが、お姉さんなお兄さんもいた。同じ制服を着用しているが厚い胸板は隠せていない。

ミミィちゃんという名の彼……ごめん、彼女は見かけ通り強いので酔った迷惑客ぐらいなら簡単に撃退してくれるそうだ。強いおねにいさんはお好きですか？

私は大好きです。

ちなみに入店すると可愛い店員さんが「いらっしゃいにゃん♡」と挨拶してくれ、帰る時は「いってらっしゃいにゃん♡」と挨拶してくれる。たまに「来ちゃったにゃん♡」とポーズまで取るキモいオヤジ客がいるのはご愛嬌《あいきょう》。そっと視線を外すことをお勧めする。

視覚と聴覚の暴力が凄《すさ》まじい。

店長の趣味がどこを目指してるのかよくわからないが、店員さんの腕は確かなので常連客になりそうですが、何か？

紹介してくれたレダ姉さんは、店長と友達なんだってさ。

いつか繋《つな》がりを聞いてみたい。怖いけど。

私の担当になってくれたのはキティちゃんという正真正銘のお姉さん。見えないけど二十五歳で二児の母だという。旦那様はここの店長のダニエルさんである。

わかっていただけるかと思うが、キティちゃんも旦那様同様のS属性な方だ。

お客さんの体のツボを押して痛みに悶《もだ》える姿がたまらなく好きらしい。施術中に何度も「痛いですか？」と聞かれて素直に「痛い」と言えば、「凝ってると痛みがある場合があるんですよ」と止めることなく続ける。なぜ聞いた。

癒《い》やしたいという慈愛の心と、ツボを押して泣かせたいという嗜虐《しぎゃく》心を同時に持つ厄介な人である。

夫婦揃って天職としかいいようがない。

「背中と腰がバキバキよ？　腕もまだまだね。もう少し通ってね～」

「ふぁい」

天井磨きもやっと終わって、通常業務に戻れたよ。ああ、普通の掃除の嬉しいことといったら。まさか、後始末掃除を喜ぶ日がくるとは思いもしなかったわ。

結局、足場要員のイケメン騎士たちとはお近づきになることなく終了した。

ま、わかっていたことだけどね。

あの格好じゃ恋に落ちる要素が皆無だわ。むしろ冷めるだろ。

代わりに得たのは天井掃除と刺繍作業で生まれた肩と背中の痛みだけというありがたさ。泣ける。


あーあ、どっかに出会いが落ちてないかな。

贅沢言わないけど、甲斐性《かいしょう》があってそこそこかっこいい旦那様が欲しい。

残念ながら、この店で出会うのは「久しぶりにゃん♡」とかふざけた挨拶をする頭頂部に視線がいくオヤジか豊満な腹部を持つ中年オヤジぐらいだ。

そのオヤジどもが要職に就いている高官だということは私の胸の内にしまっておこうと思う。

他にも何人か見たことある人がいるが、そっとしておく。私の人生に波乱はいらない。

「いい男がどこかにいないかなぁ」

「とびっきりのいい男がすぐそこにいるじゃない」

「人の旦那様は論外です」

キティちゃん、旦那自慢ですか。「痛い！」という悲鳴を嬉しそうに聞いている旦那様は彼女にはとびっきりのいい男なのだろう。私は遠慮するが。

そんなS夫婦に「またおいでにゃん♡」と営業スマイルで見送られて店を出た。

「いってくるにゃん♡」なんて言ってやるものか。言わないぞ。言わないったら言わないにゃん。

……あぅ。


にゃんにゃんからの帰り道。

怪しい裏通りは、昼間のせいか人影は少ない。朝帰りの客たちも捌《は》けて今から夜の営業まで寝る人も多いからね。静かです。

場所も場所なんでフードを目深《まぶか》に被って歩く。雰囲気的に『奥様のわけありご用事を頼まれた侍女風』です。

知り合いに見つかって変に勘ぐられるのも嫌だし、もし王宮でばったり会ったらお互いに気まずいじゃない？

気遣いよ、気遣い。

だって、女王様の館からこそっと出てきた司法省のお偉いさんとか、女装クラブから颯爽と出てきた外務省のお偉いさんとかに王宮で偶然出くわしたら気まずいでしょ？　向こうが。

私？　まったく気にしませんよ。だって変態なのは私じゃないし。

高官にそういう人が多いのはストレスが溜《た》まっているせいなのか、素質か。

理解はできないが、別にいいんじゃない。

つか、私に迷惑がかからなきゃどうでもいいわ。

気配を殺して歩いていたら、怪しげな店から出てきた女性を見つけてしまった。ローブを被ってるけど、あれは王妃付きの侍女さんだ。

確か、伯爵令嬢だったかな。こんなとこにお使いに出されるとか嫌がらせなのか信頼されてるのか迷うとこだよね。

出てきた店は、媚薬《びやく》とか精力剤とか避妊薬とかを扱ってる店だったはず。キティちゃんに教えてもらった。「予定はなくとも覚えといて損はないわよ」だって。予定なんてまったくないけどね。将来はわからないのでありがたく聞いておいた。

そんな店の商品を陛下に使うわけはないよね。ってことは愛人用か。どの愛人かは知らないけど、お盛んだねぇ。

『真実の愛』を体現して盛り上げたふたりだが、二十年以上も経てばなくなるものなんだね。

国王陛下も王妃も数人の愛人がいる。公《おおやけ》には隠してるけど、一部では有名らしい。

何で知ってるかといえば、王族や高位貴族にとって使用人って空気と一緒なところがあるんだよね。彼らの衣食住を支えているのが使用人だもの。

知られないほうがおかしいんだよ。国民にバレないのは、みんな命が惜しいからに他ならない。

だから、メイドのおばちゃんたちの噂話だけで留まってるの。

その噂話では、結婚して五年目ぐらいからお互いにもう愛人がいたとか。

『真実の愛』の消費期限が短すぎる。

腐るの早くね？

それとも愛人が『真実の愛』だったのかな。

その愛はあと何年保《も》つんだろう。それとも何か月？

死ぬまでにどれだけの数の『真実』に出会うんだろうね。

派手に運命だ真実だと騒いで盛り上がった結果がこんなものだなんて国民はがっかりだよ。


ほんと、くっだらない。

◆　◆　◆　◆

再会は偶然で突然だった。

掃除の合間に裏の庭園のベンチでひと息ついていたら、見知った顔が前を横切った。

あれ、似てるな？　と思っていたら、向こうも何かしら気がついたのか足を止めて振り向いた。

お互いに顔を見合わせて「あっ」と声を上げる。

「アンナ！　久しぶりだな。元気か？」

ニカッと人好きする笑顔を向けてきたのは、幼馴染《おさななじみ》のニールだった。

この辺りは御用聞きの商人や立入の業者が通る通用門の途中にあたるので、仕事で来たのだろう。

近づいてきたので、自然と少し横へと移動して場所を空けると隣へ当たり前のように座った。

「姉さんの結婚式以来だね」

「そっか、二年も経つのか。早いな。俺も色々あったからな」

ニールはうちに出入りしてた商家の次男で、御用聞きの父親についてきてはうちの兄たちと遊んでいた。

今では淑女らしく大人な私も昔は活発な子どもだったので、兄たちに付きまとうついでにニールとも泥だらけになって遊んでもらったものだ。

所謂《いわゆる》、幼馴染という間柄だ。

ついでに言えば、初恋の相手でもある。

淡い想いを自覚したのは十二歳ぐらいだったか。よく怒る兄たちと違って、優しくて面倒見がいいニールに好感を持つのは自然なことだと思う。

自覚したからといって、告白なんてできるわけもなく、照れ臭くてそのままの状態にしていたら、彼は厄介な物に囚《とら》われてしまった。

姉の結婚準備で知り合った王都の宝石商の娘と『真実の愛』に落ちてしまったのである。ふたりはあっという間に付き合って、瞬く間に結婚した。知り合って三か月後というスピード結婚。早すぎるだろ。

すんなり婿《むこい》入りが決まったのは、ニールが次男だったというのも要因のひとつだ。婿入りして王都で暮らしているニールと、似た時期に私も侍女になり王宮で暮らしているが、会うのは二年ぶりになる。

私があまり街まで下りないのもあるし、ニールも仕事で忙しい。その上、兄という接点がなければ連絡などする理由もない。

幼馴染だろうと、既婚者なんだからそんなもんだ。

「そうだ！　聞いてくれよ、リリナが妊娠したんだ。年末には子どもが生まれるんだよ」

「へぇ……そう。おめでとう」

ほんの少しの痛みを奥に隠して笑う私の様子に何ひとつ気づくことなく、嬉しそうに近況を話すニールに少しだけ苛立《いらだ》つ。

ムカつくぐらいの幸せオーラ振りまきやがって。そういえば昔からちょっと鈍感だったよね。少しは察しろよ。無理だろうけど。

「仕事はいいの？」

「ああ。もう帰るだけだから。アンナは？」

「私は休憩中」

まさか、こんなところで会うなんて思いもしなかった。知っていたら休憩なんてしなかったのに。

昔の私なら馬鹿みたいに喜んでいただろう。

ニールに構ってもらえるのが嬉しかった。兄のおまけだろうと、ついでだろうと、笑顔で手を差し伸べてくれる存在が嬉しくて、大切だった。

私にとっては特別でも、ニールにとってはただの友人の妹だ。

『アンナ！　聞いてくれ！　真実の愛を見つけたんだ！』

喜色満面で私に報告したあの顔は一生忘れない。「おめでとう」とかろうじて伝えた顔の裏で嘲笑《あざわら》ってやった。

はっ。真実の愛？

あんな不確かなまやかしを信じてるんだ。そんな言葉を簡単に口にして、裏切られたらどうすんの。

あんなもの幻想だよ。綺麗事だけの三文芝居だ。

早く目を覚まして別れてしまえ。

幻想に打ち拉《ひし》がれて絶望すればいい。壊れて、砕けて、醜《みにく》く罵《のの》りあって別れてしまえばいい。

私の願いとは反対に、ふたりは別れることも浮気することもなく、おしどり夫婦と評判になっている。

そんな話を聞く度にどす黒いドロドロしたものが体の奥に渦巻いていく気がして、そんな自分を嫌悪した。

私を選ばないのなら、誰も選ばずにひとりで生きていけばいいのに。そう思ってた。

最低。好きな相手に不幸になれと願う自分が嫌だ。なんて、醜いんだろう。

淡い想いを告げることもできなかった弱虫に何も言う資格なんてない。

気づいて欲しくて待っていただけの愚かな自分が悪いんだ。

わかっている。この想いは一生実らない。

それなのに、胸の中は、いまだに黒くて汚い。裏切られた、手を離されたと勝手に思ってしまう自分がいる。

二年も前に諦めたつもりだったのに、我ながらあきれる。

そんなニールに子どもが生まれる。

……そっか。

「大丈夫か？　働きすぎじゃないのか？　アンナは時々無茶するからな」

「なに、それ。大丈夫だよ、私が頑丈なのは知ってるでしょ」

熱を測ろうと伸ばされた手を避《よ》けるように。

身を引いて笑った。

優しくしないで。

愚かな初恋が顔を覗かせる。もういい加減、吹っ切ってしまわないといけない。

こんなの、私らしくない。

「奥さん待ってるんじゃない？　早く帰って安心させてあげなよ。妊娠中は気持ちが不安定になるらしいよ」

「そうだな。じゃあ、俺はそろそろ帰るよ。会えてよかったよ。またな」

手を振り合って、なんの未練もなく振り返りもせずに帰って行く。『真実の愛』で結ばれた奥さんのもとに。

振った手をギュッと握りしめた。

この手を取られることはもうない。彼の手は別の人と繋がっているから。

『おいで、アンナ』

無条件に差し伸べられた手はもう私のものじゃない。どうやっても私のものにはならない。

とっくの昔にわかってるんだよ、そんなこと。

ねぇ、ニール。『真実の愛』だから幸せなの？　普通の愛と何が違うの？

わからないよ。わかりたくもないよ。

「ニール！」

少し大きな声で呼べば、あっけなく振り向いてくれる。

ああ、そうか。気持ちがあったのは私だけだから、振り向くことさえニールにとっては容易なんだ。

気持ちの違いを再確認したせいか、ほんの少しだけ気持ちが軽くなった。

「おめでとう！　お父さんになるんだから、頑張れ‼」

無理矢理笑えば、ニールは大きく手を振って「ありがとう！」と笑った。

ああ。好き、だったなぁ。

あの笑顔を私だけに向けて欲しかったな。

大丈夫。涙なんて出ない。

悲しくなんてない。

後悔があるとするなら、告白をしなかったことだ。受け入れられなくてもよかった。言えばよかった。

でも、もう遅い。

去って行く背中が歪む。

一度瞬きをしたら、目に溜まっていた水がぽとりと落ちた。

ニールのバーカ。

『真実の愛』なんて世迷言《よまいごと》を笑顔で盲信する馬鹿め。私に馬鹿にされないようにそれを貫き通せばいい。

もうその手は要らない。

ニールとは逆方向の城へと歩きだす。

さぁ、休憩は終わり。仕事、仕事。


こういう日は飲むに限るよね。

貴重な特級ワインを安物のグラスに注ぐ。せめてつまみぐらいは良い物にしよう。

サラミとジャーキー、それとドライフルーツ。ついでにナッツも出しちゃえ。

やだ。何、この豪華さ。

何かの記念日?

私の再失恋記念日さ。

って、うるさいわ、馬鹿野郎。

グラスの中を満たす美しい液体をくるりと回して、立ち昇る香りを嗅《か》ぐ。
バイバイ初恋。
叶わなかった想いも、これでサヨナラだ。
これを飲み終わったら、いつも通り。
明日からまた仕事を頑張るんだ。
仕事して刺繍して、合間にいい男を見つけて幸せになってやる。
しんみりなんて柄じゃない。
流石、アーデルの特級ワイン。
泣くほどうまいわ。

◆◆◆◆

備品を取りに倉庫に来た私は『使用中』のプレートを前にため息を吐いた。
中から漏れ聞こえる音と声から察するにヤってるな。
確実にヤってんだろ。
人が真面目に仕事してんのに、ふざけてんのは誰だ。
そういう意味で『使用中』のプレートを付けたワケじゃないんだよ。

他に良い言葉ないかな。

なんだろう、この脱力感。

別にどこで盛ろうが知ったことじゃないんだよ。ただし！　私のいないとこで、見えないところでヤれ。

残念だったな、使用中のおふたりさん。今の私の機嫌はすこぶる悪い。

傷心の私の前でイチャつくお前らの運の悪さを恨むがいい。

ドアノブをむんずと掴み、わざとガチャガチャと回す。

「あれ？　開かないなぁ？」

続いてドアを連打ノック。ちょっと力が入るのはご愛嬌だ。

「すみません。用事があるので開けてもらえませんか」

中から物を落とす音や慌てふためく声が聞こえてくる。

悪いな、おふたりさん。引く気はないんだ。

こっちは何も後ろめたくないんだから。

「ねぇ、急いでるの。早く開けてよ」

ほーら、急げ急げ。

ヤバい。私、今悪い顔してるわ。

折れようが抜けなかろうが知ったことか。さっさと出てこい。

リズミカルにノックをすれば、中から「……んっ。ごめんな、さ……ちょっ待って。ぁ、あっあっああ。待ってっ」と喘ぎ声なのか返事なのかわからない声が返ってきた。

まだ続けてんのか。

「ねぇ、本当に急いでるの。目的の物だけでも取らせてくれない？」

「やん。もぅ、待っててって。……あっあっ…………、な、何が要る、のっ」

話しながらしているのバレバレだからね。

あー、本当にイラつくわ。

別に急ぎじゃないけどさ、終わるのを待ってられないじゃない。

「モップと石鹸《せっけん》よ」

そう答えると、荒い息と物が動く音が激しくなり、聞くのも嫌になる悲鳴のような喘ぎ声が一際大きく響いた。

うわぁ……。

嫌すぎる。この扉を開けたくない。

急かしたから終わらせたんだろうけど、隠す気ないだろ。羞恥心皆無か。そうか、中にいるのは貴族だな。

小声で何か話しているようだけど、扉越しだと聞こえづらい。

がちゃりと半分ほど開いた隙間からモップが顔を出した。

次いで、運動した後のように息を切らした女が顔を出した。

「これでいいかしら？」

はぁはぁと口紅の剝《は》げた口から荒い息が漏れる。差し出されたモップを受け取れば、石鹼の入った箱を渡された。

「石鹼はもうひと箱いるわ」

「え。ああ、そうなの……。ぅんっ、ゃ。あ、あん、ちょっと、待っててぇん」

死んだ目になるのは仕方ない。

だって、見えない扉の後ろでやってるよね、これ。

なんのプレイに巻き込まれてるんだ。

もう嫌だ。嫌がらせとかどうでもいいから。さっさと帰りたい。

再度差し出された石鹼の箱を受け取り、一応礼を告げる。

「調子が悪いのなら、運動なんてせずにお休みを取るといいですよ」

ひと言だけ言い残して踵《きびす》を返す。

ああ、嫌なものに巻き込まれたなあ。

戻る途中で、雑巾を頼まれていたのを思い出して、嫌々来た道を戻る。

今度は強制的に開けてやろうか。

そんなことを考えたが、見たいわけではない。逆に私のダメージが大きすぎるので止めた。

倉庫が見えた時、ちょうど扉が開いたので、咄嗟《とっさ》に柱の壁に隠れてしまった。

出てきたのは、軽薄そうな若い男女だった。

男はニヤニヤと笑いながら女の肩から下ろした手で胸をがしりと掴んでいる。女は困った素振りをしながらも満更《まんざら》ではなさそうだ。

イチャイチャするふたりの後ろから、さらにもうひとり年配の男が出てきた。

さ、三人、だと……。

新しく現れた男は女の顎に手をかけるとキスをした。

外に出ても、人がいないと思ってやりたい放題である。

早くどこかへ行ってくれないものか。放っておいたらそのまま突入しそうな雰囲気だ。

ひとつため息を吐いて、カツンと靴音を立てた。

まるで今やってきたかのように、視線は手にした箱に落としてゆっくりと歩く。

距離があるせいか、三人は慌てて扉前の階段を駆け上がって行った。

誰もいなくなった倉庫の前に辿りつく。

「使用中」のプレートをなんともいえない感情で睨みつけて扉を開けた。

一歩踏み込んだ瞬間に漂ってきたあの独特な臭いに顔をしかめる。目に見える残骸はないが、棚の荷物がいくつか落ちている。

思わず舌打ちが出たもの仕方がない。

バレバレだ。

換気用の小さな窓に頑張ってもらうしかない。

落ちた荷物を元に戻し、雑巾の束を手に取ると早々に外に出た。

この、なんともいえないモヤッと感。

なんだろう。試合に勝って勝負に負けたようなこの気持ち。ふたりも侍《はべ》らす彼女にあって自分にないもの。

羨ましいとは思ってない。何人もいらないから、自分だけを見てくれる人がいい。ただ、そのひとりが見つからないだけで。

ふと視線が下に向く。

「…………」

いやいや。まだそうと決まったわけじゃない。

簡単に見えるような答えではないはずだ。

いろんな人がいるんだ、あるよりないほうが好きって人もいるに違いない。

そうだ。そうに決まっている。

よし、未来にかけよう。

私もまだ成長途中だ。成人したけど。

成人しても胸は成長すると聞いたし。大丈夫だ。希望は常にある、はずだ。

一縷《いちる》の望みは休憩室のおばちゃんたちに打ち砕かれた。

「男の人の大半は巨乳好きだよね」

「デカけりゃ他はどうでもいいって人もいるしね」

えぇぇぇぇ。やっぱり体なのか。

ガックリと落とした肩を慰めるようにポンポンと叩かれた。

「そう一概には言えないよ？　大きなお尻が好きって人もいれば、ささやかな胸が好きって人もいるからね」

マチルダおばちゃん、女神か。

そうだよね、希望はあるよね。

「でもないよりはあるほうが喜ばれるわよ？　色々できるし」

「できることは広がるけど、その辺は工夫次第でしょ」

「男だって『女は大きいほうが好き』なんて思い込んでるじゃないか」

「あ、それ聞きますよね」

「実際は大きさは問題じゃないんだよ。デカいと痛いし、苦しいじゃないか。よっぽど緩くなきゃ入らないだろう?」

「そうそう。大きさよりはテクじゃない? 碌に手もかけずに入れようとする馬鹿とか折ってやりたくなるわ」

「わかる! 大きさ自慢する奴ほどテクなしの早漏野郎なのよ。そんなことより、前後を大事にしろってぇの」

「えぇ。でも、ある程度の大きさは要りますよ? 入ってもわかんないと演技しようもないじゃないですか」

「何、あんた。そんな粗末な奴と付き合ってんの⁉」

「だって、直前で発覚したんですよ。幼児サイズだし、入れる前に出すし、もう本当に最低最悪でしたぁ」

ごめん。ヒートアップしていく話を聞くだけで精いっぱいです。処理が追い付かない。

皆さん経験豊富だなぁと感心しつつ、後学のため耳を傾ける。

この知識が活きることがあるのかどうかは知らない。


それより、胸の話はどこに行った……。

◆ ◆ ◆ ◆

　今日のメイド仕事は王族が住むグロリナス宮殿の掃除。

　普段私たちが仕事している王宮の裏にある立派で煌びやかな宮殿がグロリナス宮殿。カプノース山脈まで続く森までがプライベート空間で、かなり広い。王族専用の馬場とか庭園とかデカい池もある。

　歩けなくもない距離を馬車で通勤する王様ってすごいよね。護衛とか周りへの見栄とか色々あるんだろうけど、手間がかかるよね。単騎で通勤する王太子を見習えばいいのに。

　王族の通勤事情はいいや。

　グロリナス宮殿の掃除といっても、王族の私室だけは専属侍女がやるから関係ないんで私たちがするのは他のとこね。つまり、玄関ホールとか、応接室とか色々。

　普通、こういう煌びやかな場所の掃除は、肉食女子が持っていくんだけど、今回私たちにお鉢が回ってきたのは王族がいないから。

　社交シーズンが始まったからね。去年デビューした末の王女様も含めて全員、サグリナ離宮に一週間のお泊まりに行っている。

　離宮は王都郊外にある王族領地内にあり、乗馬したりピクニックしたりと社交で大忙しらしい。

　なんと陛下まで行っているとか。

仕事はどうした。

王族がいない居住宮殿には高位貴族も高官も豪商も来ないんで閑散としてる。つまり、肉食女子には旨味がないのだ。

いつものことだけど、肉食さんのなりふり構わずな情熱はすごいなぁと思う。

私には、あの情熱が足りないのかもしれない。

だからといって簡単に生まれるもんでもないよね。

いつか、これが『真実の愛』なのね！　なんて世迷言を言う日が来るんだろうか。

やだ、ゾッとしちゃうわ。


割り当てられた玄関ホールで、階段を掃除していく。手すりから順番に、布やブラシで埃を取って艶《つや》を出すワックスを塗っていく。

ここも人目に付くから装飾過多なんだよね。

しかも、ここの人たちって掃除が下手なんじゃないかな。一見綺麗に見えるようで、隅とか端とか溝の奥とか汚れてるの。

私やおばちゃんたちの目はごまかせないよ。

普段はどこを掃除してるのかと首を傾げるほど汚れている。王族の住居なのに大丈夫か？

やるならちゃんとしろよ。

職人魂が疼《うず》いちゃうじゃないか。

無心で掃いて磨きまくった。ピッカピッカに輝いている。満足。この充実感はクセになる。

流石に天井掃除はやらないけど、シャンデリアは明日やるらしい。

数が少ないのが救いかもしれないが、手間取る分達成感も半端ないいんだよね。頑張るしかないな。

ゴミを捨てに行った帰り道、私の前に見知らぬ侍女が足を広げ腰に手を当ててふんぞり返っていた。

………誰？

「アンナってあんたね？」

見下すように顎をツンと上げているので鼻の穴が見える。一本長いのが出ているが、言うべきか言わざるべきか。

というか、本当に誰？　見覚えがないんだけど。

多分ここの侍女さんだと思うんだけど、そうならなおさら知り合いでもない。

黒い髪を後ろで高く結んでいる。ちょっと気が強そうだけど、まあまあ美人だ。

離宮について行ってないとなれば身分は低めかな。男爵か子爵の長女以下ってとこかな。

王宮なら十把一絡《じっぱひとから》げってとこか。

偏見？　うん、知ってる。

「ちょっと！　なんとか言いなさいよっ」

おまけに短気で身分主義とみた。

つり目で見つめてこないでほしい。繊細な私の心が怯《おび》えちゃうじゃないか。

「私が思うに『アンナってあんた？』って語呂《ごろ》が悪くありませんか？」

まるで早口言葉みたいじゃない？　「貴女がアンナさん？」とか「貴女のお名前はアンナさんで間違いないかしら？」のほうがマシだと思うんだよ。

別に私の名前は悪くない。短気さんの言い方が悪いのだ。

「そんなことは聞いてないわよっ！」

短気さん。そんなに怒ると疲れるよ？

「まぁ、いいわ。貴女がユリウス様に付き纏《まと》っているという下女ね⁉　いい加減にしないと痛い目を見るわよ！」

短気さん。人を指差しちゃダメでしょう。

それにしても下女って……。

確かにうちは貧乏男爵家だけどさ、同じ侍女枠のお前に言われたくはないわ。

というか、ユリウス様って………誰？

イケメンっぽい名前だよね。なーんか頭の隅に引っかかってるんだけどなぁ。

なんていうの？　ここ、喉の奥まで来てるけど出てこないこのモヤモヤ感。

ちょっと待ってて。

この前のイカみたいに、ここまで出かかってるから。いや、あれは鼻だったか。

まぁいい。もう少しで出てくるから。

待ってくれ。

「ユリウス様よ！　ユリウス・ベネディクト子爵様よ！」

「それだ！」

短気さんの言葉でモヤモヤが晴れた。

あー、そういやそんなイケメン風な名前だったわ。顔もイケメンだけど、中身は女ったらしの残念なぼんぼんだもんね。

ありがとう短気さん。スッキリした！

両手で握手して、帰ろうとしたら、また前を遮られた。

なんかこのパターン多いな。

「なんで帰ろうとしてんのよっ！」

「え？　スッキリして用事も終わりましたし」

「終わってないわよ！　私の話が終わってないでしょう！」

ええー、めんど……。

うえって顔をしたら、短気さんの顔が怖くなった。

えっと、なんだっけ、私が子爵に付き纏ってる……だっけ？

………うわぁ、めんどくさい臭いがぷんぷんする。

第一、付き纏うどころか毎回さっさと帰ろうとするのを引き留めるのは奴のほうだというのに。納得できぬ。

「何、黄昏《たそが》れてんのよ！　いい？　これ以上ユリウス様に近づいたら承知しないからねっ」

ビシっと指を差すの、やめてほしい。

これ放置しておくとめんどくさいやつだ。

仕方ない。

腹を括ると軽く礼をして、短気さんを見上げる。ポイントは少し悲しげな表情。

「不快な思いをさせてしまったのなら申し訳ありません。ですが、誤解されたままではベネディクト子爵様にも申し訳なく思います」

「誤解？」

愁傷に頭を下げると、訝《いぶか》しむ声が聞こえた。

よし、かかった。

「まず、ベネディクト子爵様は侯爵家の御方。私ごときが憧れこそすれ、付き纏うなど恐れ多いことでございます」

「で、でも、実際にふたりでいたところを見たという噂があるのよ」

「まぁ！　それは、もったいなくも恐れ多いことでございます。実は……あ、いえ、これは口止めされておりました」

わざと思わせぶりに口に手を当てて視線を外す。ちらりと盗み見れば、短気さんは好奇心に目を輝かせている。

面白いぐらいに引っかかってくれた。

「何？　なんなの？」

「いえ。子爵様に口止めされておりまして……」

「なんなのよ！　気になるじゃないっ！」

激昂《げきこう》する短気さんに、視線だけチラリと向ける。

言おうかどうしようかと迷うフリ。

これは重要な話なのだと装い、躊躇って、十分引き付けて、たっぷりと時間を取ってから視線を向ける。

「子爵様のプライベートな内容ですので、その……内緒にしていただけますか？」

「もちろんよっ」

「私が話したとは、くれぐれも秘密にしていただけますか？」

「ええ！　わかってるわ！　私はこう見えても口が固いのよ」

絶対に嘘《うそ》だな。とは思うが、おずおずと短気さんに近づくと短気さんも近づいてくる。

短気さんの鼻息が荒くて近づきたくないが仕方ない。

「実は、意中の方へのプレゼントを落とされたと仰っておられました。私は偶然その場に居合わせたので、僭越《せんえつ》ながらお手伝いをさせていただいております」

「意中の方って？」

「お名前は存じ上げません。ただ、察するにご身分差に苦しんでおられるように見受けられました」

「身分差……」

「あくまで、私の主観ですが。子爵様は、黒髪の方を切なそうに見ていたようでしたので、もしかしたら、黒髪の女性かもしれません」

そんな事実は微塵《みじん》もないけどな。

短気さんは黒髪だ。ちなみに私は茶色です。平凡だね。うん、知ってる。

身分差に黒髪というキーワードにぽぅと頬を染める短気さん。乙女だねぇ。

相手は下半身の緩い子爵だよ？

どこにトキメキ要素が？

顔と身分か。

「慈悲深い子爵様は、探し物をお手伝いする私を気にかけてくださっただけなのです」

「ふ、ふたりで会う必要はないんじゃないかしら」

「物が物だけに公にするわけにもいかず、申し訳ありません。以後気を付けます」

慈悲深いとか、否定しないのね。慈悲深いというより性欲深いだろ。

貴女の仰るユリウス様は本当にあの子爵様ですか？　言っている私が笑いそうなんだが。

「それで、落とし物ってなんなの？　私も探してあげるわ」

「まぁ！　本当ですか？　子爵様が仰るには、このグロリナス宮殿か王宮で落とされたそうのですが、私グロリナス宮殿にはあまり来られないので助かりますわ！」

「それで？　物はなんなの？」

落ち着け。食い気味で怖いわ。

グイグイくる短気さん。どれだけ子爵好きなんだ。

趣味わるー。

子爵は悪い奴じゃないけど、良い奴でもないよね。付き合うとかないわー。

姉妹丼とかごめんだわ。うん、やっぱないわー。

あきれそうになる表情をなんとか押し留めて、神妙な顔を作る。

「指輪でございます。小さな物ですので、転がって隅の埃でも被っているのか、なかなか見つからなくって」

「指輪……」

「はい。詳細はお聞きできませんでしたが、女性用としか……。申し訳ございません」

頭を下げて下手《したて》に出れば、短気さんの自尊心は満足するらしく、腰に手を当ててふんぞり返っている。

つくづく友達にはなりたくないタイプだわ。

「わかったわ。見つけたら私が直接子爵様にお渡ししますからね！」

「それは構いませんが、どうかくれぐれも他言無用にお願いいたします。子爵様は大変おもてになるので、要らぬ嫉妬をされては大変ですわ」

短気さんは頬を染めて了承してくれた。

特別とか、自分だけが知っているとか、優越感あるよねー。わかるわかる。

しかも、自分の好きな人のことだもんね。

……偽情報で申し訳ない。

ちょっとだけ心が痛まなくもないが、わけのわからない因縁をつけてきた短気さんが悪い。

子爵に話を通しておこうかとも思ったが、余計な火の粉は浴びたくないのでやめておいた。

どうせ女性の扱いに慣れた子爵のことだから、どうにかするだろう。

だって、何も明確なことは言わず匂わせるだけにしたし、特に不都合はない。指輪なんて存在しないし。ないものは見つからない。

うん、問題ない。

なんとかなるだろう。

後日、グロリナス宮殿の掃除が丁寧になり綺麗な状態が続いているらしい。

いいことをするって気持ちがいいね。

と、浮かれていた矢先に子爵に嘘がバレて説教をくらった。

……………ちっ。

◆　◆　◆　◆

厚い灰色雲のせいで昼なのに薄暗い。

昨日までの雨は上がったものの、外の地面は濡れているし空気もじめっとしている。ここ三、四日天気の悪い日が続いているので、洗濯係が文句を言っていた。掃除係も無関係ではないので、空を見上げてはため息を吐《つ》く日々。

早くカラッと晴れてくんないかなぁ。

「もう！　アンナちゃん、聞いてるの⁉」

窓の外を見ていたら怒られた。

仕方なく視線を戻せば、ハンカチ片手に頬を膨らませた侍女仲間のエレンが睨んでいる。

「はいはい。聞いてる聞いてる」

気のない返事にもまったくめげずに、エレンは机をぺちぺちと叩きながら話を続ける。

「それでね、ハンスったら酷いのよ。私よりターニャの約束を優先させたのよ！」

「だから、そんな不誠実な男とは別れたら？」

「でも、でも、ハンスが好きなのっ！　愛してるの！　ハンスだって私が好きって言ってくれたもの」

そういっておいおいと泣くエレンを見つめて、心の中でため息を吐いた。

ああ、めんどくさい。

他人の恋愛事情ほどめんどくさい物はない。

付き合おうが別れようが好きにしてくれ。

でもここで正直に言うと「ひどいぃぃぃ」と泣いて、さらにめんどくさいことになる。おとなしくふんふんと聞いていればそのうち勝手に結論に至るので、それまでの我慢だ。

同じ下っ端侍女のエレンは明るくて世話焼きで涙もろい女の子女の子した子だ。悪い子じゃないんだがたまに鬱陶《うっとう》しい。主に恋愛面がすごく鬱陶しい。片思いしても、恋人ができても鬱陶しい。

良くいえば尽くすタイプで、悪くいえば執着具合が重い。

彼氏のタイムスケジュールは常に把握して、手作りの差し入れは欠かさない。時間があれば一緒にいたがるので、仕事中でもふらっと会いに行ったりしては仲間から怒られている。ちゃんと仕事しろ。

それでもめげずに笑顔で過ごしてるのはすごいと思う。

そんなエレンが、下っ端文官で子爵家の四男ハンスと付き合っている。

そして、付き合って三か月目にして浮気が発覚したと嘆いているのだ。

おいしい昼ご飯を食べていたのに、運悪く捕まった私が延々とグチを聞かされる羽目になった。半分以上は食べていたとはいえ、飯がまずくなる話は勘弁してほしい。

おまけに、話を聞いてると「それ本当に付き合ってるの?」と疑いたくなる。

エレンが「好き」と告白してハンスも「俺もエレンは可愛くて好きだよ」と答えてくれたという。なんとそれだけで恋人関係が成立したらしい。なんてハードルが低いんだ。

色々と聞かされたが、ハンスからのプレゼントはほとんどない。デートに誘うのはエレンから。しかも、照れくさいから仕事中や人前では話しかけないでほしいと言われたとか。

どう聞いてもハンスは付き合ってると思ってないんじゃないだろうか。

そんなことを言えば「ちゃんと好きって言ってくれたもの。なんでそんな酷いこと言うのぉ。アンナちゃん彼氏がいないから私の不安な気持ちがわからないのよぉぉ」と泣かれた。

彼氏がいなくて悪かったな。

エレンの不安なんて欠片もわかんないよ。

っていうか、人に「どう思う？」って聞くなら聞く耳を持て！

本当にめんどくさい。

誰かに代わってほしいのに、私と目が合うと「頑張れ」と苦笑いして去っていく。

くっ、薄情者どもめ。

「エレンを大切にしない彼氏ならやめておいたら？」

「そんなことないよ？　ちゃんと大切にしてくれるのよ。この前だってね……」

ソフトにいえば、惚気かよ？　って話を延々と聞かされる。終《しま》いには流行っている占い師に相性が良いと言われたとまで言い出しやがった。

これは、ダメだ。

この子の中に別れるって選択肢はなくて、誰かに聞いて励ましてもらいたいんだろうなってのはわかった。

でも、下手に応援して私のせいにされるのも嫌だ。気のせいかもしれないが、下手したら恨まれそうな気がする。

早く終われと願いながら、冷めたコーヒーをゴクリと飲み干した。

昼食時間いっぱいまで惚気なんだか相談なんだかわからない話を聞かされた挙句に「ありがとう。私もう一度ハンスと話し合ってみる」と晴れやかな顔で業務に戻って行った。

ちなみに、私は別れろ以外の忠告はしていない。予想通り自己完結で終わった。

次から巻き込むなよ。


午後からは汚れた客室の掃除に精を出す。

湿った空気のせいか、窓を開けてもなんだかスッキリしない。灰色雲が憎い。

ベッドやソファは汚れてないのに、どうしてベランダがこうも汚いのか。

観葉植物は倒れて土が零れているし、隅にタオルらしき残骸がある。その残骸の中に形容しがたい大人の玩具《おもちゃ》が打ち捨てられている。

昨夜はしとしと細かい雨が降っていた。なのに、雨の中ヤってたの？

馬鹿なの。馬鹿でしょ。馬鹿だよね。

風もあって降り込んじゃえば色々と流れて掃除が楽だったのに。ついてない。

ついてない時はとことんついてないらしい。

茶色い物まで落ちていた。何やってくれてんだ。なんでこんなものが落ちてるんだよっ！

マジで泣く。

ゴミを捨て、観葉植物を元に戻す。後は水を撒いてブラシでゴシゴシと無心で汚れを落とす。バケツの中はなんともいえない色と臭いがしている。

仕上げに雑巾を取って手すりを拭けば、裏側に葉っぱがついていたり、鳥の糞《ふん》があったりと結構汚れていた。無言で拭いていると、人の声が聞こえた。男と女の声のようだ。

どこからだろうと、ベランダの端からきょろきょろと見れば、斜め下の木の陰に隠れたふたりが見えた。

向かい合って密着している様子から恋人同士がいちゃっついているようにしか見えない。

人が臭いものと格闘している時にいい気なもんだ。

馬鹿馬鹿しい、と戻ろうとした私の耳に「ハンス」という呼び声が届いた。

よくある名前だが、ついさっき昼食時間を邪魔にされた原因の名前だ。

音を立てないように慎重に下を見下ろす。

下のカップルはお互いに夢中で上なんて見ていない。

下の声って思っているより聞こえるんだよね。

「もう、性急すぎよ」

「お互いに時間がないだろ。な？　早く済ますから」

女を木に押しつけた格好で、男がもぞもぞと動いている。

「ゃん。そこなでちゃダメぇ」

「よく言う。濡れてるくせに。この淫乱《いんらん》」

「ふふ。ハンスだって私以外にも手を出してるじゃない？」

「あぁ、エレン？　あいつが勝手に寄ってくるから相手をしてやってるだけさ。ボランティアだよ」

「あんなに尽くしてるのに、かわいそ〜」

「あいつが好きでやってるからいいんだよ。ちょっとウザいけど、部屋の掃除とか飯とかやってくれるから便利だぜ」

「ふふふ。悪い男ね」

絡みあう男女の姿を冷めた気持ちで見下ろす。

胸糞《むなくそ》悪い。

ほら、エレン。だから別れろって言ったじゃない。あいつの中じゃ、アンタは恋人でもないんだよ。便利屋扱いだよ。

あの女はエレンよりも自分が上だとふんぞり返って見下してる。

それでも、私の忠告はアンタの耳には入らないんだろうね。馬鹿みたいに恋人だと思っている男の言葉しか聞こえない。

本当に、馬鹿だよ。エレン。

鬱陶しいけど、恋愛運が悪いけど、お節介で前向きで馬鹿みたいに明るいアンタは私の友達だ。

振り返った先には、ベランダの端に置いていたバケツ。中身は、さっきブラシを洗った汚くて臭い水。

ねぇ、エレン。これはアンタのためじゃないの。私の自己満足よ。

私は持ち上げたバケツを斜め下で夢中になっているふたりに向けてぶちまけた。

聞こえた悲鳴を無視してベランダの窓を閉める。

ちょっとだけ胸がスッとした。

その後、汚水まみれのハンスを見たエレンの恋心は一気に冷め、私や周りの忠告が漸《ようや》く耳に届いたのか無事に別れたらしい。

三か月後、仕事が一緒になったエレンから「新しい恋を見つけちゃったの～」と呑気《のんき》な報告を聞いて、脱力した。

本当に、たくましいな。

やっぱりエレンは馬鹿みたいに愛だの恋だの騒いでいるほうが、らしくていいのかもしれない。

◆　◆　◆　◆

突然だが幽霊というものを貴方は信じますか。変な勧誘でも壺《つぼ》やお札の販売でもないので安心してほしい。

古い建物や曰くのある場所に幽霊というものは付きもので、時に恐ろしく、時にコミカルに語られるある種の娯楽でもある。

七百年の歴史があるこの王宮も例外ではなく、ごろごろいるらしい。あちこちで見たという目撃談は腐るほどある。

王宮の有名な幽霊は五つ。

ひとつ、王宮内を彷徨《さまよ》う首なしの騎士。ふたつ、広間の鏡に映る血塗《ちまみ》れの貴婦人。三つ、井戸から聞こえる死者の呻き声。四つ、動く殺戮《さつりく》王の肖像画。五つ、開かずの間から聞こえる不気味な歌声。

働き始めたばかりの頃に、数人で試しに見に行ったことがある。一緒に行ったひとりが霊感が強いと言って、ことあるごとに「やだ、何か聞こえるっ」「今、あそこが動いたわ。見たのよ」と言ってはみんなで騒いでいた。みんな怖がる割に全部回った強者《つわもの》である。

残念ながら、私には何も見えなかったし、何も聞こえなかった。怪談ツアーで得たのは、男の目がなくとも可愛く悲鳴を上げて怖がる彼女たちの演技力のすごさだけかもしれない。

私の期待を返せ。

有名どころ以外に面白いものだと、「足りない」と嘆く井戸とか、彷徨う猫の霊、何度も飛び降りる女の霊ってのがある。

井戸にいる奴も何が足りないのか言えばいいと思う。足りないのはお前の言葉だと誰か伝えてやれ。

彷徨う猫って、野良猫だろ。猫はあちこち彷徨うもんじゃないのか。というか、出るといわれている場所は逢引《あいびき》によく使われるところなんだよね。それ、猫じゃないんじゃ……。

何度も飛び降りる霊なんて意味がわかんない。何それ、度胸試し？　何度も繰り返すなんてかなり好きなんだろう。楽しそうですな。

ちなみに、この面白スポットにも行ってみたが何もなかった。いや、猫だけはいた。やっぱり猫じゃなくて二本足の盛りのついたメス猫だった。

他にも色々あるらしいけど、興味が失《う》せたのでもういい。どうせ見えないし。

そんな幽霊たちもお茶会では話のネタにされる上に、ご令嬢のアピールに使われると知ったらあきれて出てこなくなるかもしれない。

そんなことを考えながら、お茶会の手伝いをしている。

今日は王妃主催の大規模なお茶会が開催されている。王妃の気合いが入りすぎたのか、規模がでかい。

薔薇園に面した庭はテントとパラソルで埋め尽くされている。

日焼けが嫌なら屋内でやればいいのに、意地でも薔薇を見ようとする執念は理解できぬ。

おかげで、人手が足りなくて下っ端も働かされてます。

端のこの位置から遠くに『真実の愛』の体現者で発症源の王妃が見えている。その背後で護衛する女騎士を見てはきゃあきゃあと喜ぶご令嬢たちも見える。賑わってんな。

凜々しい女騎士もいいが、綺麗に咲いた薔薇を見ろ。この日のために庭師が頑張ってたんだから。

春らしくなった日差しは直《じか》に浴びると暑い。お仕着せが黒な上にハイネックなので本当に暑い。

胸元を寛《くつろ》げて腕まくりしたい衝動を我慢して、隅っこで澄まし顔をしている。

お仕事だもんね。我慢我慢。

ご令嬢たちは軽やかなドレスを着て、パラソルの下で優雅にお茶を飲んでいる。

それも暑そうな気がするけど、実際はどうなんだろう。

そんな令嬢たちの会話で漏れ聞こえてきたのが王宮の幽霊話。

他に花とか流行とかイケメンの話とかあるだろうに。物好きな。

「やだっ、怖いわ」

「やめてくださいませ。私、怖いのが苦手ですの」

ワクワクした目をして何を言うのか。と思ってても突っ込んではいけない。

私はできる侍女。脳内で留めておこう。

「王宮の廊下に佇《たたず》んでいる姿を見た方が何人もいたそうですわ」

「血塗れの騎士ですって」

「私は首なしの騎士だとお聞きしましたわ」

「きゃあ。止めてくださいませ。恐ろしくて気を失ってしまいそうですわ」

ぶふぉう。

ヤバイ。変な空気が漏れた。

前にいた先輩に睨まれたけど、これは不可抗力だ。

だって、あのふくよかすぎる体型で気を失ったら、運ぶ騎士が哀れだ。

絶対にひとりじゃ運べない。ふたりで頭と足を持って運ぶのか。それとも棒に括り付けて
……まるで、丸焼き……。

ぐっ！

耐えろ表情筋。唸《うな》れ私の腹筋。

このお茶会が終わる頃には私のお腹も見事に割れそうな気がしてきた。なに、ここは鍛錬場なの？

「そこの貴女。お湯が冷めたから、交換してきてちょうだい」

先輩の言いつけをこれ幸いと承諾して、たっぷり入ったポットを持ちそそくさとその場を去る。

ふぅ、助かった。丸焼き令嬢のせいで吹き出すところだった。

エプロンでポットの底を支えて、一目散に厨房を目指す。その途中、廊下の端に蹲《うずくま》っている騎士を見つけた。

一生懸命に下を見て、手を動かしている。

「あの、どうかしました？」

騎士は驚いた顔で振り向くと慌てて立ち上がる。

赤い顔で服についた埃を払う仕草はちょっと可愛く見えた。

たぶん、私よりふたつか三つ年上かな。

なんというか、雰囲気イケメン？　かっこいいというより真面目そう。騎士の制服で割増されている感じ。

「すみません。探し物をしていたのです」

「探し物？　落とし物なら遺失物室にあるかもしれませんよ？」

「えっと……」

困ったように眉尻《まゆじり》を下げた表情を見てピンときた。場所を知らないか、行くのが恥ずかしいタイプだな。

どんな恥ずかしい物を落としたのか、俄然《がぜん》気になる。

「よろしければ、私が探して参りましょう。何を落とされたんですか？」

聞けば一瞬にして嬉しそうな顔をした。

なんだか、犬みたいな人だ。

「指輪です。金の輪に百合と薔薇の紋章が入った物で、小さいですがローズクォーツが嵌め込んであります」

「彼女への贈り物ですか？」

好奇心で聞けば、顔を真っ赤にして照れる。

なんだかとてもからかいたくなる人だ。

「か、かか、か、彼女だなんて！　そんな恐れ多い。……その、好きな人、なんです」

なんだ。片思いか。

他人の惚気なんぞ別にいいわ。

指輪を落としたなんて、どこかで聞いたような話だ。……いや、あれは咄嗟に思いついたでまかせだし。関係ない。

気のせい、気のせい。

「探してきますね。申し訳ないんですが、これを厨房に持って行ってもらえますか。三十分ぐらいで戻るので、ここで待っていてくださいね」

騎士さんにポットを押しつけて、遺失物室まで小走りで向かった。

遺失物を保管している倉庫はそこそこ大きい。保管期間は二年で、月毎《つきごと》に棚分けしてあり、そこから大まかに種別分けされている。

指輪みたいな小さい物だと前のほうに置いてあるんだけど、最近の棚にはない。しまった、落とした日を聞き忘れた。

二年も探してるはずないから、一、二か月ぐらいに当たりをつけて探してみる。そうして、一年前まで遡《さかのぼ》ったけど見つからない。届いていないのかもしれない。脳内でしょげる騎士さんには申し訳ないが、ないものはない。気は重いが仕方ない。

よいしょっと立ち上がった時に、床に落ちている小箱が目に入った。

指輪を入れるような小箱に手が伸びる。

開けてみると金の百合と薔薇の紋章の間にローズクォーツの石が嵌められている。

おおっ！　あったよ、騎士さん！　やったね。

受取証に名前を書こうとして、騎士さんの名前を聞き忘れたのを思い出した。仕方ないのでベネディクト子爵の名前を代わりに書いておいた。最近覚えたので活用させてもらおう。

急いで戻ると騎士さんはもう待っていた。

駆け寄ってポケットから小箱を出すと、目が大きく見開かれた。震える手で小箱を受け取り、中身を確認すると、いきなり泣きだした。

やめて。私が泣かしたみたいじゃん。

対処に困っていると、乱暴に目元を擦り上げて泣き笑いで「ありがとう」と感謝される。

いえいえ。それだけ喜んでもらえれば、探した甲斐もあったわ。

けど、騎士さんは困ったような悩んでいるような複雑な顔で小箱を見つめている。

「好きな人に渡さないいんですか？」

「実は、迷ってるんだ。彼女には『真実の愛』で結ばれた相手がいる。俺がこれを渡したら、彼女の迷惑にならないだろうか」

出た。『真実の愛』。

相手を知らないからなんとも言えないけど、私の中で相手の評価は限りなくゼロに近い。けっ。

「渡せばいいじゃないですか」

「しかし……」

「迷惑かどうかは相手が決めることですよ。伝えたい気持ちも渡したい物もあるんでしょう！　このままだと後悔しますよ！　せっかく、指輪が戻ってきたんです。ダメ元でいいじゃないですか。振られたっていいじゃないですか。伝えましょうよ！」

思わず詰め寄って力説してしまった自分が恥ずかしい。

べ、別に経験談じゃないから。私は指輪なんて用意してなかったし。

一般論だよ、一般論。

言えばよかったっていう後悔はあるから、砕けようとも伝えてさっぱりとしてほしいと思う。

「ありがとう。そうだね、ダメ元だもんな。渡して、伝えてくるよ」

「ええ。そうしてください。頑張って」

騎士さんも笑ってくれたので、私もつられて笑顔になる。

惜しいな。これで片思いの相手がいなければアピールするのに。

「そうだ。何かお礼をさせてくれ」

「いいですよ、そんなの。と、言いたいところですが、ワインだと嬉しいです」

「わかった。ありがとう！」

手を振って別れた途端、私の名前を言い忘れたと思って振り返ると誰もいなかった。

騎士さん、足速すぎ。

まぁ、いいか。

その後、厨房で沸き立て熱々のポットを受け取り、薔薇園へと急ぐ。

しまった。お礼にこれを運んでもらえばよかった。

エプロン越しでも熱すぎる。


その夜、王妃の寝室から悲鳴が聞こえてちょっとした騒ぎになったらしい。

王妃の寝室に幽霊が出たとか、幽霊が指輪を置いていったとか、噂されていた。

どうせ、忍んできた愛人を寝ぼけて見間違えたんじゃない？

そんなことよりも、私の部屋の中に置かれていた年代物のワイン二本のほうが大事。以前もらったアーデルの特級にも引けを取らない高級ワインが二本。

あの騎士さん、実は高位貴族か、金持ちだったのかもしれない。ますます惜しい。

真実の愛なんかに浮かれた女を好きになるなんて見る目なさすぎ。

それにしても、なんで部屋の中にあるの？　鍵をかけ忘れたっけ？

淑女の部屋に侵入してワインを置いて行くとか、紳士じゃないぞ。騎士さん。

今度会ったら説教してやらねば。

そう息を巻いていたが、その後、あの騎士さんに会うことはなかった。

◆　◆　◆　◆

遠くに王宮の見えるガラス窓から柔らかな光が差し込み、室内を明るく照らしていた。

室内ではふたりの女性が向き合ってティータイムを楽しんでいた。

「王妃の寝室に曲者《くせもの》が出たそうだな」

「ええ。恐ろしいこと」

女性にしては低すぎる声に驚くことなく軽く肯く。その様子は穏やかで、恐ろしいなど微塵も思っていないように見える。

「何か知っているのかい、マリー？」

大柄な美女の問いに、マリーと呼ばれた小柄な女性はおっとりと微笑んだ。

「まぁ、マリーったら気が早くてよ」

「私は君ほど気が長くない」

「ええ。存じていますわ。でも、貴方との楽しいティータイムに水を差されたくないわ」

「マリー」

再度名前を呼ばれて、そっと嘆息するとティーカップをソーサーに置いた。

「王妃様が錯乱されていたので、確かではありませんが『エリオット』の名を叫ばれていたそうよ」

「『エリオット』？　もしや、キンバス団長の子息か？　しかし彼は……」

「二十年以上前に亡くなられていますわ」

「確か、彼は王妃の信奉者のひとりだったな」

「ええ。真面目を絵に描いたようなお人好しでしたわ」

互いに面識があった騎士を思い出し、沈黙がテーブルに落ちた。どちらも紅茶に手が伸びぬまま、窓の向こうに見える王宮を視界に捉える。

「彼は王妃に何かを伝えて消えたそうです。彼が消えた場所に指輪が入ったケースが落ちていたそうよ」

「二十年以上も経ってようやくか。いつまで経っても決断力のない奴め」

「奥手でしたもの」

奥手にも程があると大柄なマリーは鼻で笑い、
小柄なマリーはそんな彼女を見て楽しそうに笑った。

「王宮の幽霊も動くか……。そろそろ頃合いかもしれぬな」

大柄なマリーの呟きに、小柄なマリーは何も言わず薔薇の形をしたクッキーを口に入れた。

口もとに付いたクッキーの欠片に気がついた大柄なマリーが手を伸ばし、親指で拭《ぬぐ》う。視線を外さず、指に付いた欠片を赤い口もとに近づけペロリと舐めた。

扇情的な仕草にも慣れているのか、されたほうはにっこりと微笑むだけだった。

「何が彼を決断させたのかしらね」

ふと思いついた疑問に答えはなく、ふたりのマリーは話題を変えてティータイムの続きを楽しんだ。

◆　◆　◆　◆

一週間に一度の貴重な休日。

朝から刺繍に精を出していたが、初夏の陽気が窓から入り込み、少しだけ暑くて手が止まった。

もうすぐ夏か。と窓から見える青空に視線を移す。

大陸の北辺に近いせいで冬は寒いが、夏は茹《う》だるような暑さにはならないのはありがたい。

それでも、やはり暑いものは暑い。

何が言いたいかっていうと、夏に近づいたこの時季に、窓際での作業なんて止めときゃよかったってことだ。

机に置いてあったぬるい飲み水を飲んで、作りかけのタペストリーを広げてみる。

この前からどうしようかと、悩みに悩んでいる箇所が一向に進まない。

そこはタペストリーのメインといっても差し支えのない部分。これ次第で出来が決まるといっても過言ではないと思っている。大事な箇所なのだ。

言い訳をさせてもらえるなら、この時の私は悩みすぎてちょっとおかしかったと思う。ついでに初夏の暑さも相まって、思考がぶっ飛んでいた気がする。

悩みに悩んだ私は決意したのだ。


そうだ！　本物の血を見に行こう！　と。


何度も言うが、ちょっとおかしかったんだ。

そう、全ては初夏の日差しが悪いのだ。


そんなわけで、今日の目的は決まったが目的地が決まらない。

動物でも構わないのだから厨房に行こうかと思ったけど、厨房には捌《さば》かれた新鮮な肉たちが届く。つまり血抜き済みの処理済み。

うちの田舎みたいに厨房の裏で鶏を絞めたりはしないんだよね。あれはあれで、新鮮でおいしいと思うんだけどね。王宮内じゃあ無理だよねぇ。

付着した血に用はない。見たいのは新鮮で溢れ流れる血なのだ。

他に血が見られる場所といえばどこだろう。

騎士たちの鍛錬場は肉食女子の縄張りなので遠慮したい。あそこはギラついたハンター率が高くて、ひ弱で繊細な私にはハードルが高すぎる。無理寄りの無理。

綺麗さと品格が売りの貴族街も論外。王宮と同じで、処理済みの肉が届くはず。それ以前に関係者でもない私が厨房に入れるはずもない。

残るは市民街の肉屋かな。

確か、市場が集まっているところがあったはず。そこなら新鮮な肉を捌いているに違いない。少なくとも、鶏ぐらいは捌いているはずだ。

目的地は決まった。善は急げと出かけることにした。

貴族街から市民街までサクサクと歩く。田舎育ちなんで、足には自信がある。

貴族街を抜けるぐらいで歩けなくなるようなやわな足は持っていない。

ふっ。田舎者を舐めるなよ。

血を求めてうろつく女。

後から考えれば、怪しいことこの上ない。おかしな思考だったのだが、この時の私はこれ以上はないほどに真剣だった。

頭の中は刺繍の図案と新鮮な血のことで埋め尽くされていた。

だって、その出来次第でタペストリーの完成度が変わってくるのだ。すなわち売値に影響する。妥協なんてできるわけがない。

そんなわけで、まずは肉屋を目指す。

他は葬儀屋……いや、それは死体だ。葬儀屋はダメだ。というか、場所を知らない。

肉屋ならあちこちにあるはず。

意気揚々と目指した市場には、果たして肉屋と思《おぼ》しき店は幾つかあった。鳥籠《とりかご》に入った鶏や繋がれた山羊《やぎ》もいる。店主の横に座る犬は商品じゃないよね。怖くて聞けないけど。

店を前にして、ハタと気がついた。

肉屋で豚や鶏や山羊を絞め殺すところを見せてください。なんて言う女が来たら怖くない？　あまつさえ血が流れているとこが見たいなんて言われたら……。

うん。私が肉屋なら速攻で通報するか、追い出すわ。

…………。よし。肉屋はダメだ。

迂闊だった。こんな落とし穴があるとは。

他に血が見られる場所はないものか。と、血を求めて市場を後にする。

そして私の視線の先に、まるで神の啓示のように太陽に照らされた診療所があった。

何度でも言おう。

初夏の日差しが悪かったのだ。

診療所の前まで来て、またしても重大な問題にぶつかる。
何かに突き動かされるままここまで来たけれど、なんて言えばいいんだろう。
病気も怪我《けが》もしていない人が診療所に来る理由ってなんだ。
『誰か流血してる人はいませんか？』
いやいや、それじゃ危ない人だ。
『流れる血が見たいんです』
悪化してどうする。
『怪我人はいませんか？』
この線かな。これなら……いける、のか。
いや、怪しくない？　怪しいよね。
いっそどこかで怪我をしてから行くべき？
痛いのは嫌だ。そもそも自分で怪我するならここまで来ることなんてないし。
あれ？　無理じゃない？
そもそも血が見たいって伝える時点でダメじゃない？
物語の吸血鬼が好きなイタイ奴にも取られない？
事情を話せば協力してくれる医者とかいないかな。
血の変色とか流れ方とか知りたいだけだし。

悶々《もんもん》と悩んでいたら、目の前のドアがいきなり開いて医者の格好をした人が出てきた。向こうも目の前に人がいて驚いているが、私も心の準備もなしに医者に会ったので頭の中は真っ白だ。

お互いに無言の中、医者の後ろから薬袋を手にした子どもが「せんせぇ、ありがとう」と手を振り、私の横を駆けて行った。

医者はその子を見送ると私を見てにっこりと微笑んだ。

「どうぞお入りください」

私を患者と思ったらしい医者は、扉を開けて招いてくれる。

頭の中が真っ白になっていた私は、その柔和な顔の医者に思い切って聞いてみた。

「あの！　流血が見たいんですがっ」

色々と単語が抜けた発言に一瞬で血の気が引いた。

ヤバい。これは通報案件だ。

医者は驚きに目を見開いた後に、申し訳なさそうに口を開いた。

「すみません。うちは診療所ですが……」

真っ当な返事がいたたまれない。すまないのはこちらです。

両手で顔を覆って天を仰ぐが、すでにやらかした後。

……やっちまった。

日差しが……初夏の日差しが悪いんだぁ……。


「どうぞ」と目の前にコーヒーが入ったカップが置かれる。

場所は診療所の小さな応接室。目の前にはこの診療所の院長兼医者が座っている。

あの後、自分の言動の愚かさに打ちひしがれる私を見かねた医者がお茶でもと招き入れてくれた。

「すみません。紅茶は置いてなくて」

「いえ、お構いなく。こちらこそご迷惑をおかけしました」

頭を下げて謝れば、「いえいえ。構いませんよ」と微笑まれた。

いい人だ。なんてできた人なんだ。

王宮侍医のサディスト集団とは格が違う。

感動していると、医者はコーヒーをゴクリと飲み、カップを置いた。

「ワケをお聞きしてもいいですか？」

ですよね。

いきなり流血が見たいとか、頭のおかしい女としか思えないわ。

こうなったら理由を話して協力してもらおう。医者ならば血ぐらい日常茶飯事で見慣れていることだろう。

腹を括り、私は理由を話すことにした。

タペストリーの題材にサメロンを選び、そのテーブル上の表現に行き詰まっていること。

主に、愛人たちの首を並べた皿から溢れる血と、血で汚れたテーブルクロスと、並べた時に滴《したた》り落ちてサメロンのドレスに付いた血の染みの色と流れ方が気になるということ。

タペストリーのほぼ下半分を占めるのが血なんだから仕方ない。

「その全てを同じ赤で表現するのは違う気がして。だからといって何色なのかと聞かれるとわからなくて、だったら知ってる人に聞けばいいと思いまして……」

ええ。考えすぎてちょっと行動がおかしかったんです。

安直ですみません。猛烈に反省してます。

つい刺繍に熱中しすぎたのよ。売りに出せるとわかったせいで、職人魂が、ね。

それも、これも、初夏の陽気が悪いのだ。

いたたまれなくて医者の顔が見れない。

ヤバい奴を通したと後悔してるんじゃないだろうか。

「血液の色、ですか……」

引かれてる？　説教される？

善良な医者にされるとちょっと凹むわ。

恐る恐る医者を見ると、なぜかキラキラした目で手をがしっと両手で包まれた。

「素晴らしいですっ！」

「へ？」

「その若さで死体に興味を持つとは、素晴らしいことです」

「え、あ、ありがとう、ございい、ます……？」

え？　褒められてんの？

なんで？

てか、死体？　いやいや、タペストリーの話をしてたよね。愛人たちは死体なんだから、間違っては、いない、の……かな？

…………ええ？

「血液の話でしたね。血液というのは、一般的に赤と認識されていますが、病気によっても変わってきます。内部からの出血は時に黒く見えることがあるんですよ。

しかし、サメロンの有名なあの場面でいえば、首からの出血。しかも切断後ですので、愛人の首を乗せた皿は明るい赤色だと思われます。そして、テーブルの染みや王妃のドレスは、時間の経過毎に茶色く変色していくと思ってください。場所によっては黒に近い色になります。

しかしながら、血液よりも大事なのは愛人たちの肌ですよっ。血液が抜けたことにより肌の赤味が消えて、その肌は白い陶器のように輝いていることでしょう。そう！　例えるなら白磁器のような美しさ！　そうそう唇も色が落ちますからね、そこは間違えないようにお願いします。できれば顔は苦悶《くもん》よりも静謐《せいひつ》さのある死に顔がいいと思います。半開きになったガラス玉のような瞳と、何かを伝えようと少し開いた口が何よりも確かに寂寥《せきりょう》を表していると思いませんか？

貴女もそうは思いませんか？　思いますよね」

いや、聞かれても…………。

口を挟む隙も見せずに、穏やかだった医者は輝かんばかりの笑顔で死者について熱く熱く語ってくれた。

サメロンが処刑した愛人たちの首の話から、死者の尊厳、美しさ、果ては古代ミイラの作り方まで、それはもうこちらがドン引きして魂を飛ばすほど熱く語り尽くしてくれた。

帰りたい。

後半はその思いしかなかった。

辞去の挨拶をする隙はなく、唯一の脱出口である扉は医者の背後。

看護師が呼びに来るまで続いた医者の熱い熱い弁論は、当たり前だが私の心に何ひとつ刺さることはなかった。

　患者の来訪で永遠に続くかと思えた時間が終わり、やっと息が吸えた気がする。もう口の中はカラカラだが、コーヒーを飲む気力もない。

　呼びに来た看護師が、生贄《いけにえ》の羊を見るような視線を寄越してくる。そんな目をするならもっと早くこの医者を回収しに来いっ！


　私の血が見たい発言なんて可愛いものだよ。

　医者のほうがヤバい奴だった。

　ヤバイってもんじゃない。完全にアウトじゃないのか。いや、アウトだろ。

　コレを野放しにしてていいのだろうか。

　けれど、何をしたワケじゃない。死体と血液について必要以上に熱く語られただけだから通報もできない。

　とりあえず、匿名で要注意だと投書でもしておこう。

　死体愛好者疑惑の医者は「よろしければ、また来てください。ともに語り合いましょう」と爽やかに言って仕事に復帰していった。

　いやいや、一方的に話してたのはお前だけだ。語りあった記憶も事実も欠片も存在していない。

やめてくれ。私を同志にするな。

心の底から辞退するが、他に仲間を増やすのも止めていただきたい。私の繊細な心が痛むので、切に願う。

こんなところに長居は無用と、辞去を伝えてさっさと診療所を出る。

怖くて後ろは振り向けなかった。

さっさと帰って、投書しとこう。

そして、この近くには二度と近づかない。

近づかないったら、近づかないっ！

第三章

カラカラと軽快な車輪音を聞きながら瞼《まぶた》が徐々に下がっていく。仕事終わりの疲れと質の良い馬車の揺れが心地良い。カクンと頭が落ちたと同時にハッと目が覚めた。

おっと、口からヨダレが出てた。

ハンカチで拭きながら窓の外を見ると、太陽は沈みかけているけれどまだまだ明るい。見えてきた湖に夕陽《ゆうひ》が反射して湖面がキラキラと赤く輝いている。その湖面を揺らすように水鳥が一斉に飛び立って行った。

あぁ、なんて……おいしそうな鳥たち。

どれも丸々と太っていて、香草詰めの丸焼きにしても串焼きにしてもおいしいだろうなぁ。

おっと。いかん、ヨダレが。


馬車の目的地は湖の畔《ほとり》に建つある伯爵家の別荘である。

王都からそんなに離れていない、自然豊かな伯爵領は夏の間特に賑わうらしい。

まさに避暑地。

うちの領地も自然豊かなのに、なぜにこうも違うかな。

ボート遊びもスケートもできるこの湖？　白木の立ち並ぶロマンチックな散歩道？

溜め池とたまに鹿《しか》や猪《いのしし》も出る山じゃダメですか？　ダメだよね。

なんというか、町の建物からして洒落てるんだよね。さすが伯爵領。うちもこんな風になんないかなぁ。

牛や豚や鶏が楽しく暮らす牧場は可愛いと思うんだが。貴族にはウケないだろうなぁ。

ちょっと郷里の残念具合にやるせなさを感じてしまった。

いかん、いかん。これから仕事なのに。

そう、出張なのです。

ふふふ。指名を受けるなんて、私の名前も捨てたもんじゃないわね。

……なーんて。

ある人物に頼まれて、ちょっと前からお茶会の手伝いに呼ばれるようになったの。

名指しってすごくない？　すごいよね。

その人からの依頼なんで、仕事を早めに上がらせてもらえてるの。送迎の馬車付き。待遇すごくない？

明日は休みなんでお泊まりの予定。楽しみだけど、アレだよね。夜中まで働けってことだよね。

まぁ、報酬はかなりいいし、太っ腹な依頼主のためにも頑張るか。

そうこうしているうちに馬車は止まり、ノックの後に外からドアが開けられた。置かれた踏み台を使って降りると、目の前にはナイスミドルな執事さんがいらっしゃる。

横にピンッと細く整った立派なお髭に、ビシッとした姿勢のいい見本のような執事さん。

「ようこそ」と発した声の重低音に首筋がぞわっとした。なんつー渋い良い声。

無口なのか、使用人出入口から目的地まで最低限の注意事項しか話してくれなかった。もうちょい聞いていたい声だったのに、残念。

案内された扉には青い薔薇が描かれたプレートが欠けられている。

扉をノックをすれば声が返ってきた。

『白いドレスは』

「永遠の憧れ」

『いつかこの手に』

「輝くティアラを」

なんだこの合言葉。誰が考えた。

どれだけデビューしたかったんだ。

スッと開いた扉を前にお辞儀をして中へと足を進めれば、次々に声をかけられた。

「やっときたわね。も～遅いわよ」

「そうよぉ、待ちくたびれちゃったわ。だから、王宮なんて辞めて専属になりなさいっていつも言ってるじゃないのっ」

あちこちからかかる野太い歓迎の声に「遅れて申し訳ございません」と頭を下げる。

煌びやかな広間を彩るシャンデリア。お茶会用のテーブルには花と菓子が準備万端で待たされている。

そして、色とりどりの艶やかなドレスを身に纏った紳士の群れ。

おぉう。視界の暴力……。

腹に力を入れて、耐える。

無表情になってしまうのは申し訳ない。慣れるまでに少し時間がかかるのだよ。

慣れてしまえば、微笑ましい可愛い光景なんだけどなぁ。

「ほら、早く、早く。みんな待ってるのよ」

胸元に大きなリボンを付けたドレスを着た小太りの中年に手を取られて、広間の一角にパーテーションで区切られたスペースへと導かれる。

このドレスを着た中年男性が、ここの別荘を所有している伯爵である。女装名をシャルロットちゃんという。

「さあ、主催者権限で、まずは私からよ」

鏡台の前に置かれた椅子に座ったシャルロットちゃんにケープを掛ける。

「少しお待ちください」

持ってきたメイク道具を並べていると、隣でメイクをしていたミミィちゃんがニヤリと笑う。口端だけ上げる笑顔も男前〜。いや、女前？

「遅かったわね。先に始めてるわよ」

「すみません。ちょっと遅くなりました」

「いいから始めちゃいなさい」

格好良くウィンクを飛ばして、おじさまの化粧に戻る。

私も広げた道具一式を確認して、シャルロットちゃんの化粧へと取りかかった。

名指しで呼ばれた仕事は、女装倶楽部《くらぶ》『夜のお茶会』のヘアメイクである。

事の発端は、以前女装を手伝った外務大臣からの再指名だった。侍女長に呼ばれて部屋に行くと、あの時の美中年がいて個人的な集まりの手伝いを頼まれた。外務大臣からのお願いを断れるはずもない。まぁ、こんな割のいい話を断るなんて馬鹿なことはしないけどね。

できる限りの便宜を、と頼まれた侍女長の引きつった顔が面白かった。

その後、個人的なことだからと一時的に部屋を追い出された侍女長の顔はさらに酷かった。私のせいじゃないのに、睨まないでほしい。

外務大臣であるクリフォード侯爵からの依頼はヘアメイクの手伝いだった。女装の。

あの時、彼……いや彼女のメイクに感銘を受けた同志の方に自分もやってほしいと詰め寄られた結果、秘密倶楽部『夜のお茶会』の裏方要員として採用されたのである。

侍女給与に加えて臨時収入が入る上に、兼ねてから興味のあったメイクのお仕事。これを受けずにどうするよ。

そんなわけで、参加するのも今回で三回目。普通の男性をいかに女性に近づけられるかという試練はやり甲斐しかない。

おかげで会員の皆様からは信頼を勝ち取っている。

丁寧にやると時間がかかるので、応援を要請した。

もはや常連ともなっている『ほぐし屋にゃんにゃん♡』の強くて美人なおねにいさん、ミミィちゃんに。

店長は大口を見つけたと大喜び。ミミィちゃんも身分は違えど同志の力になりたいと快諾してくれた。メイク以外でも、出張で痩身《そうしん》指導もしてくれる。お腹が気になるお年頃の方は興味津々である。ついでに奥様方にも好評らしい。店長の笑いが止まらなそうだ。

一石二鳥にも三鳥にもなって、まさに鶏肉パーティー。

ちなみに、奥様たちには女性店員さんが対応し、おじさま相手の時はミミィちゃんは男装するらしい。

余計な軋轢《あつれき》はいらないよね。

てか、ミミィちゃんの男装見てみたい。カッコ良さそう。心は乙女だけど。

鏡台の近くに設けた着替えスペースでは、ミミィちゃんの友人のジュディちゃんとロッティちゃんがドレスの着付けをしている。

このふたりは、新進気鋭のデザイナーであるダラパールの弟子兼店員さん。『夜のお茶会』の衣装関連をほぼ一手に引き受けているそうだ。ドレスもだけど靴は特注だもんね。私の足のサイズの倍はありそうだった。

この四人で会員のメイクアップとドレスアップをやっている。その名も『美魔女作成隊』。

紅一点の私よりも、他のみんなの女子力が高いというチームだ。

今夜も華麗に変身させちゃうぞ。

化粧を終えて、薄くなりつつある頭髪に巻き毛の鬘を装着して、ブラシで自然に馴染《なじ》ませると完成。

なぜかみんな鏡を見て「これが、私?」と見惚《みと》れる。

そうか、これが様式美というやつか。

「こんなに自然なお化粧ができるなんて初めてよ。ありがとう」

「もとの素材がいいからですよ。終わりましたらお化粧落としもさせていただきますのでご安心ください」

決してお世辞ではなく、もともと顔立ちはいいんだよ。ちょっと頭頂部が薄くて全体的にふっくらしているだけで。

なので、ほんわか癒やし系で可愛く仕上げてみました。

おじさま……もとい、シャルロットちゃんは上機嫌で皆さんのもとへ歩いていく。ドレスも高いヒールも難なく着こなすのは素直にすごいと思う。

向かった先ではミミィちゃんによって変身した人と、ドレスを着たがメイク待ちの人、ドレスもメイクもまだの人とカオスな空間になっている。

カードなどのゲームを楽しみながら社交してると信じている奥様たちに、この光景は決して見せられない。

それよりも、みんな変身すると私よりも女性度が高いのはなぜだろう。

詰め物……いやいや、そんなハズはない。

…………。いやいや……だが、しかし……。

「アンナ。この子を頼みたい」

「はい。お任せください」

声をかけられて我に返る。

いかん、仕事中だった。

完全装備の美魔女マリアンヌさんという別名の外務大臣が連れてきたのは、私とあまり歳が変わらない青年だった。

おぉう。穏やかで好青年なイケメン。

やだ照れちゃう。

変身願望ありのイケメン。首から下は淡いピンクのドレスだ。

……うん。仕事しよう。

「どうぞ、お座りください」

引いた椅子に座る様から緊張しているのがわかる。

うーん。緊張を解してやりたいが、私も口下手な内気さんだからなぁ。

「この子は私の部下でね。今日が初めてなのだよ。とびっきり美しくしてやってくれ」

「かしこまりました。最善を尽くします」

マリアンヌさんは満足げに微笑むと、お友達の輪に戻って行った。

相変わらずの迫力美人だなぁ。

そっか、初体験なのね。穏やかイケメンの初めてをいただきます。きゃあ、恥ずかしい。

大丈夫。優しくしてあ・げ・る。

なーんてね。さ、仕事、仕事。

「では、始めさせていただきます。ご要望があれば遠慮なくおっしゃってください」

「え、あ、あの……」

「お気を楽にしてください。キャンディはお好きですか？　おひとついかがですか？」

戸惑っているイケメンにボンボニエールを差し出せば、躊躇いながら飴《あめ》をひとつ手に取り口に入れる。

少しだけ顔が綻んだ。

うんうん、甘い物っておいしいよね。

「では、化粧水から。少し冷たいですよ」

コットンに浸した化粧水を軽くはたくように顔に馴染ませ、化粧を開始する。

やっぱり、若いと肌の張りが違うね。おじさまたちとは化粧方法をちょっと変えるか。

下地を丁寧に作り、ベースをどうするか悩んでいたら無口だった青年から声をかけられた。

「あまり、聞かないんですね」

「何をですか？」

「えっと、その、こんな……」

モジモジとスカート部分を弄る様は乙女なんだが、顔はまだ男性なので違和感がすごい。

「女装についてですか？　お話しになりたいのでしたらお聞きしますし、そうでないのならお話しになる必要はございません」

ぶっちゃけ興味ない。

趣味なら趣味でいいんじゃない？

一介の侍女に言い訳なんて要りませんよ。私は自分の仕事をしてるだけだし。

他人の人生に関わるような性癖に首を突っ込むつもりは毛頭ない。語りたいなら聞く耳と相槌《あいづち》ぐらい貸しても構わないけど。

そんなことよりもどう仕上げるかに悩む。

よし、ベースは明るめにしよう。

「人の趣味は様々です。迷惑にならない趣味ならば誰に何を言われる筋合いでもないかと思います。そんなことよりも、今は変身した自分を楽しんでくださいませ。誰に憚《はばか》ることなく楽しむ。ここはそういう場所です」

誰に迷惑かけてるワケじゃなし。

気兼ねなく仲間内で楽しむための場所であり、日常のしがらみから解放されるための場所なのだ。

また明日から『男』として頑張るんだから、いいじゃないか。ほんの少しぐらい羽目を外したって悪くないと思うよ。

「そう、ですね。ええ、そうですね」

おっ、いい顔。

んー、やっぱり口紅はピンク系だな。コーラルピンクとか良さそう。

地毛と同じ焦げ茶色の鬘を装着して、花の髪飾りを付ける。若いからちょっと大振りの華やかな物も難なく似合う。

「はい。できましたわ」

正面から退けば、鏡台に映る自分を見る目が大きく見開かれた。

んふふふ。我ながら会心の出来ですよ。

彼は鏡にそっと手を伸ばして触れる。

くる？　くるか？

「これが……私……」

キタ――――！

これを言わずにはいられないのか、今のところ全員が口にしている。

もう、コレ聞かないとスッキリしなくなってる私がいる。毒されてきたなぁ……。

「アンナさんっ！　ありがとうございますっ」

「楽しんでください」

「はいっ」

すごくいい笑顔でドレスを翻して会場へと歩いていく後ろ姿を見送って、私は次の客を迎え入れた。

なんだかんだと、楽しんでいる自分がいる。

この副業、私も気分転換になっているのかもしれない。

◆ ◆ ◆ ◆

毎年、夏至から数えて初めての満月の夜に聖ウルシアサス祭というものが開催される。

聖人のひとり、聖ウルシアサスが夜道で悪魔に惑わされた時、道端の月華草に満月の光が宿り悪魔を退けたという有名な話がある。

もうひとつ、子どもに取り憑いた悪魔を、聖ヴェロニカがリンゴを食べさせて追い出した逸話もある。このふたつが合わさって、リンゴと月華草を家々に飾って悪魔を祓《はら》う祭事になったのだが、段々とお祭り騒ぎになってきたらしい。

今では月華草やリンゴをモチーフにした物を身に着け、リンゴの料理を食べて夜通し騒ぐ祭りになっている。

ちなみに、うちの領地では鶏の足も飾る。土着の信仰と合わさった結果なのだが、玄関先に飾られた鶏の足は見慣れていてもかなり不気味だ。

王都に来て鶏の足を飾らないと知った時は驚いたが、話した相手も驚いていた。

そんな聖ウルシアサス祭だが、庶民は食べたり歌ったり踊ったりして夜中騒ぐらしい。

昼間はリンゴマフィンを投げ合うイベントまであるとか。

何それ、楽しそう。

貴族は王族主催の夜会が開催される。

この時は、男性も女性も月華草やリンゴを使ったアクセサリーを身に着けることになっている。

男性はコサージュが多く、女性は髪飾りだったりコサージュだったりと色々と意匠を凝らしてるので見ていて楽しい。

去年は王妃が生のリンゴをドレスの飾りにしていた。意表を突いた奇抜なデザインだったが途中からリンゴの汁が染み出ていた。あれはもう着られまい。

今年はどうするのか密かに注目を集めている。

メイドの間では輪切りかドライフルーツじゃないかと予想中。

料理もリンゴを使った料理がふんだんに出てくる。

この時のために作られるリンゴは酸味があってそのままでは食べづらいが火を通すと深い甘味が出るので、ジャムやパイを使った料理が多い。

王宮の食堂でも様々なリンゴ料理や、アップルパイやコンポートなどのデザートが提供される。

どれを食べようかメニュー選びに迷いに迷ってしまう。嬉しいことに、この日はリンゴジャムが使い放題。

陛下万歳！　と日頃の態度は棚上げして、感謝を捧げよう。

そんな聖ウルシアサス祭の当日。

下っ端の私は、いつもなら会場の準備に追われているハズなんだが、なぜか朝から侯爵家に来ております。

侍女長に呼び出され「この忙しい時に」としかめっ面で侯爵家に向かうように言い渡された。すでに来ていた迎えの馬車に乗せられ、あっという間に侯爵邸である。

そのまま流れるように連れてこられ、なぜか侯爵夫人に対面している。

もう緊張で朝食べたリンゴ料理が逆流しそう。

出したら命が危うくなるので、必死に腹と喉に力を入れる。多少酸っぱくても飲み込むつもりでいる。

緊張の中、覚えている限りの礼儀を総動員して挨拶した。

「お初にお目にかかります。アンナ・ロットマンと申します」

「貴女のことは旦那様から聞いていますわ。是非一度お会いしてみたいと無理を言いました」

ふんわりと笑ってくださる上品な奥様を前に冷や汗が止まらない。

侯爵夫人っていえば、社交界の上位ですよ。しかも、クリフォード侯爵家といえば名門。男爵家の私が気軽にお目にかかれない御方ですよ。

どこぞの乱痴気ババァどもと違って数少ない品のあるお貴族様なのだ。緊張するなというほうが無理だ。

「もったいないお言葉です」

「そんなに緊張しないでちょうだい。今日はよろしく頼みます。私も侍女たちも楽しみにしているのよ」

それ、死刑宣告に近くない？

気分は狼《おおかみ》の群れに入り込んだ羊ですよ。

温厚そうな奥様の後ろにはこちらの一挙一動を観察している侍女がずらりといらっしゃる。

怖い、怖い。

さすがに笑顔が引き攣《つ》るわぁ。

この奥様の旦那様は、なんと外務大臣のクリフォード侯爵。

そう。マリアンヌさんの奥様なんですっ。

なんと、アレ、奥様公認の趣味なんだよ。すごいよね、奥様の心が大海のように広すぎる。

奥様は女装した旦那様とたまにティータイムを楽しむのだとか。そこに娘も交ざると言うのだから、驚いた。

高位貴族ってわかんねぇ……。

それを外には漏らさない使用人のレベルもすごい。主人の格の違いなんだろうな。尊敬する。

迎えに来てくれた奥様の侍女の話によると、

マリアンヌさんのメイクに興味を持った奥様が私のことを聞き出し、自分のメイクもしてほしいと頼んだらしい。

私的に大抜擢なんだが、いいの？

おじさま方を変身させるのとはわけが違う。侯爵夫人ともなれば社交の中心だ。

――いいの？

夫人の侍女さんたちも穏やかな表情ですが、その真意はわからない。

下っ端の分際で、とか思われてたらどうしよう。いや、どうしようもないんだけどさ。

でも、ダメなら腕の良い侍女さんたちが総動員で手直しするだろう。

……なら、大丈夫か。

大丈夫……よね。

おばちゃんたちから伝授されたシミ隠しや小顔メイクなどが頭に浮かぶが、侯爵夫人には
シミもなければ、メイクで誤魔化す必要もないほど小顔な美人である。

もとがよければ、どこまで引き立てられるか試したくもなる。

いつもやってる土台作りが要らないのだ。いやむしろ、土台をさらに磨くのもあり。

侯爵夫人ともなれば、さぞかし高級なコスメを所持していらっしゃるのだろう。ちょっ
と、いや、かなり見たい。しかも使用できる。

ヤバイ。滾《たぎ》る。

こんな機会そうそうない。

女は度胸だ。

――よし、やるか。

覚悟が決まれば後は突き進むだけである。

「奥様。お化粧の前にお顔に触れてもよろしいでしょうか?」

「あら。何かあるのね。ええ、構いませんよ」

「痛かったら教えてくださいませ」

では失礼して。

クリームを手にとって、顔を指と掌《てのひら》を使ってギュムと揉んだり押したりする。

これミミィちゃんに教わった顔の引き締めマッサージなのよね。

少し痛いのか、少しだけ眉根が寄ったので、力を抜いてみる。

怒られるかと思ったけど、奥様は寛容な方っぽい。流石、旦那様の趣味を受け入れるだけある。

代わりに周囲の侍女さんたちの視線が怖い怖い。

ダイジョウブ。無害な下っ端侍女だよ？

「はい。終わりです。一旦、お顔を拭いてからお化粧させていただきます」

奥様は鏡に映った自分をしげしげと見つめている。周囲の侍女さんたちも夫人を見て驚いた顔をしている。

そうだろう。そうだろう。

小顔効果もあるし、血色がよくなるから肌が明るく見えるんだよね。

私もミミィちゃんにやってもらった時は驚いた。

「まぁ。なんだか顔が引き締まった気がするわ」

「奥様、いつもより肌のお色もよろしいですわ」

「ええ。頬も薔薇色ですし、艶々としておりますわ」

きゃあきゃあとはしゃいでいるのを聞きながら、化粧品をチェック。

流石。侯爵夫人の化粧品は見た目も華やかですごい。ざっと見て、持参した化粧品を端に並べて行く。

見た目はおっさん。その中身は可憐《かれん》な乙女たちの『夜のお茶会』のメイク係になって、私の手持ちの化粧品が充実した。

必要経費を含めた報酬で色々揃えさせてもらった。ほぼ変身用なんだけどね。

にわか金持ちになった私は憧れのソレイユ商会コスメ売り場で大人買いを経験した。あれは、気持ちよかった。

人気のノクターンシリーズ一式を中心に十色パレットとか色々買った。憧れの化粧ブラシセットも買った。

一気に経費分はなくなったけど、あれは爽快だった。

いつかまたやりたい。


下地は慣れた奥様の物を使用する。足りない物は手持ちを使おう。おじさまたちにはあまり使えなかった物も奥様なら似合いそう。

奥様はお年の割に肌艶が良いし化粧も乗りやすそうだ。

んふふふ。俄然、楽しくなってきた。

肌を綺麗に見せるためのベースを丁寧に作る。アイメイクは時間をかけてぱっちりとさせ、前や横から確認しながらパウダーをはたく。最後にオレンジに少し赤を混ぜた口紅を作って唇に乗せる。夜会だから華やかにね。

保湿もしてぷるぷるの唇がとても魅力的。

侍女さんが総力をあげた髪型は、こめかみから上を結い上げ、残りは下にふわりと流している。髪飾りはシンプルに月華草とパール。

お化粧も併せて、全体的に可愛らしく上品な仕上がり。

大人の可愛らしさっていうのかな。けばけばしいおばさまの中では引き立つんじゃないだろうか。

「まあ！　まあ、まあ。すごいわ」

流石に定番のセリフは出てこなかった。あれは、心は乙女専用なのかもしれない。

「エマリエ。いつも美しいが、今宵《こよい》は一段と綺麗だ。出会った頃を思い出すよ」

準備を終えた侯爵様は奥様を見るなりべた褒めし始めた。

侯爵様の正装姿もかっこよくて、奥様と並ぶと本当にお似合い。

眼福のはずなのに、なぜだかマリアンヌさんがチラついて、迫力美人と可愛い美人のカップルにしか見えない。

おっかしーな。疲れてんのかな、私。

「ねぇ、アンナ。貴女、デビューはもう済んでいて？」

帰り支度をする私に奥様が話しかけてくれた。

「はい。済ましております」

一応、十六歳の時に済ませた。

父さんにデビューだけは絶対にさせると意気込まれたんだよね。

その後、社交界には一切顔を出してないけどね。下っ端貴族だし、そんなコネも金もないし、第一面倒臭い。

「では、一緒に参りましょうね」

「……は？　いえ、あの、どちらへ？」

「あら、いやね。夜会ですわ。娘のドレスがあるから大丈夫よ。リジー、ライムグリーンのドレスを持ってきてちょうだい」

奥様がそう言えば侍女がすっと動き出す。

一緒にってメイク直し要員とかじゃなく、参加のほうってことですか。

「いえいえいえいえいえっ！　お待ちくださいっ。そんなワケにはいきませんっ」

「遠慮なさらないで。娘はもう着ないから差し上げるわ」

怖い怖い。タダより高い物はないんだよ。

値段を考えて奥様。いや、侯爵家にしたらぽんと買える物なんだろうけどさ。

「貴女たち、可愛く仕上げてね。私たちは下で待っているわ」

「はい、奥様。お任せくださいませ」

見事な連携でがしっと腕を掴まれる。

え？　待って。やだ、行かないで。

マリアンヌさんも奥様に見とれてないで助けろくださいませ。

「見違えたよ、マリー」じゃねえよ。ふたりの世界に浸るな。

待ってえぇぇぇぇぇぇぇ。

無情にも侯爵ご夫妻は扉の向こうへと消え、残されたのはやる気に満ちた侍女たちと生贄の私のみ。

無理。むりむりむりむり。

侯爵令嬢のドレスなんて着たら動けない。怖くて飲み食いもできない。それ以前に夜会なんてほぼ初めてなんだって。デビュタントの夜会以来行ってないんだってば。

「さあ、お着替えしましょうね」

待って。え？　ちょっと待とう。

止めて、剥かないで。

この貧相な体にそんな素敵なドレスは似合いません。

む――――り――――――っ!!

◆　◆　◆　◆

煌めく幾多の星と天空を美しく照らす満月。その遥か下の地上では、宵闇《よいやみ》を振り払うように掲げられたリンゴ型のランタンが幾つも飾られている。揺らめく明かりに照らされるのは煌びやかな衣装に身を包んだ貴族たち。

王宮の東庭園で催される夜会に、なぜか出席することになりましたアンナです。

ふふふ。なんでこんなところにいるんだろうね。

不思議だなぁ。あっはっはっは…………ふぅ。

侯爵夫人のメイクをしただけなのに、なぜかひん剥かれてご令嬢のドレスを着せられ、一緒に夜会に出席することになった。ついでに高価なアクセサリーも貸してくれた。

全身の総額が恐ろしい。私の年収の何年分だろう。

なんでこうなったのか、わけがわからないでしょう？　当事者の私もわからない。

絶賛混乱中です。

王宮へと向かう馬車の中で吐きそうなほど緊張している。向かいに座る侯爵ご夫妻は新婚のようなイチャつきぶりで当てにならず。隣に座る娘のオリビア様は美人すぎて話しかけにくい。そもそも下の者から声かけちゃダメなんだよね。

生きた心地がしない。

「お父様。説明ぐらいしてあげないと楽しめませんわよ」

緊張する私を見かねてオリビア様が侯爵に話しかけてくれた。

侯爵は奥様の手を握ったままようやく私に説明してくれた。


前回のお茶会の時に、ミミィちゃんたちとの雑談が耳に届いたらしい。

ミミィちゃんたち曰く、流行を知るならメイクもドレスも一流が溢れる貴族のパーティーが一番なのだそうな。

その後にジュディちゃんたちがあそこのご令嬢はセンスが良いだの、どこそこの令息は着こなしが悪いだの盛り上がってた。まさか、その後の下ネタ話まで聞かれてないよね？

「今後のためにも、君には様々な人を見て参考にしてもらいたいのだよ」

いわば、実地体験。もしくは市場調査。

マジで仕事だった。

侯爵様。見るだけなら侍女のままでも可能なんですが……。

まぁ、確かに、私の立場じゃ休憩室の案内とか片付けや補充の仕事がメインだから高位貴族に近づけることはないだろう。

侯爵様ならこんな下っ端令嬢を入れるぐらい簡単なんだろうけど、せめて説明を先にお願いします。

先に聞いても断れないけどね。ええ、そりゃ無理ですよ、相手は侯爵様だもん。

しかし、どんだけ女装が好きなんだこの人。

そしてそれを受け入れている奥様とオリビア様の懐が広すぎる。

「そんなに不安でしたら、私がずっと付いて差し上げましょうか？」

私の頬をツンと突いたオリビア様が品よく笑う。マリアンヌさん似の彼女は「面白いことは大好きよ」と実にいい笑顔で私を玩具枠に入れたらしい。

せっかくの申し出だが、全力でご遠慮した。

下っ端な男爵令嬢が付き纏えば、今後何を言われるかわかったものじゃない。

身バレしたら、今後の仕事がやりにくくなる。

それは避けたい。

なんのために原型がわからないほど、盛ったと思ってるんだ。

………ドレスとの釣り合いのためだったわ。

コホン。いやいや、身バレ防止もありますよ。うん。

侯爵令嬢の上品で上等なドレスを着るには、私の顔は平凡すぎた。

平凡も平凡、ザ・普通とは私のことだ。可愛いと言ってくれるのは父や優しい使用人たちや領地のおっちゃんおばちゃんたちぐらいだ。

そんな私の顔面とドレスをなんとか釣り合わすためには、メイクを盛りに盛らなきゃならなかったのだ。

特に力を入れたのはアイメイク。アイラインをくっきり引いて、シャドウで陰影をつけたりしてパッチリお目々を作り上げた。

目だけでかなり印象は変わるんだよ。

私は背が低いので無理して大人ぶるよりは、可愛らしく仕上げた。外見詐欺って言うな。

悲しいことに、役に立ったのはメイク技術よりも詰め物技術だった。下を向けば憧れの谷間がございますのよ。

嬉しいはずなのに、複雑。そう、これが乙女心かも。

頂いたドレスはオリビア様が十二歳の時の物らしい。なのに、どうしてこんなにも胸の部分が違うのか……。

泣く。アイメイクが崩れるから泣かないけど、心の中では号泣です。

持てる技術を発揮してる最中、ずっと侍女たちにじっと見られ続けて、私の柔《やわ》な精神は擦り切れそうだった。見ないでとは言えない。

途中で質問されたりしながら、これは実演だと割り切る。

これはお仕事。これはお仕事。

心の中で呪文《じゅもん》のように唱えてなんとか乗り切った。

途中、空気を読まない私のお腹がぐぅ〜と盛大に鳴くので、差し出されたミニアップルパイをひと口で食べたらみんなから驚かれた。

え？　これひと口用じゃないの？　噛《か》んだらパイ生地が零れるじゃない。

差し出された皿ごと受け取ればよかったのか。まいいや、とりあえずもうひとつ食べよう。

誰だ「そんなに開くの」って驚いた奴。

流石、侯爵家。サクサクのパイ生地も蕩《とろ》けるようなリンゴもうますぎる。

その後にコルセットを締める段階で後悔した。いろんなものが出るかと思った。侍女さんたち容赦ない。

王宮の会場に着けば、侯爵ご夫妻は挨拶回りに行き、オリビア様は再度誘ってくれたが固辞したので残念がりながらお友達のところへと向かっていった。

帰りも一緒に侯爵家に帰って、着替えたらまた王宮まで送ってくれるらしい。面倒な……。

でも、そうしてくれないと身に纏う高額品をお返しできない。こんな物を王宮の自室に置くなんて怖くて一睡もできない。

オリビア様が泊まればいいのにと言ってくれたが、丁重に、丁重にお断りした。

寝られるかっ！

涎を垂らしたら……と思うだけで体が震える。

使用人部屋なら寝られそうだけど、それはそれで迷惑だろう。

侯爵家の三人を見送って、さて、時間までどう過ごそうかと思案する。

当初の目的通り、観察をしつつ楽しむかな。せっかくだし。

人を観察しながら目的もなく彷徨う。

そこかしこに見知った顔があるが、知らぬふりですれ違う。

秘密サロンのおじさまも、ヒールで踏むことが大好きなご婦人も、にゃん言葉を連発するおじさまも、誰も化けた私には気がつかない。

それどころか、たまにすれ違う顔見知りの侍女も気がついた様子はない。

……化粧のせいだよね。決して、詰めて盛り上げたこの胸のせいじゃないよね。

そっと下を見れば見慣れぬ谷間。

ちょっとだけ嬉しいのは内緒です。


あらかた見回して人混みから少し離れたテーブルの側で再び観察を再開する。

夜会っていうのは、なかなか面白いと認識を改める。

噂の裏付けが取れたり、新しい噂を仕入れたり、裏方とはひと味違った噂が舞い込んでくる。

ご婦人方のファッションやメイクを見るのも楽しいし、男性のファッションもなかなかに興味深い。

色々と面倒くさい夜会だけど、こうして見れば収穫もかなりある。

まぁ、だからといって今後出席するかといわれたら難しいけどね。招待状がないと入れないし。うちって社交に力を入れてない男爵家だしなぁ。

ある程度見終わり、小腹が空いたのでなるべくひと口で食べられそうな物を摘まむ。

おいしそうなローストビーフとか、照り焼きとか、たっぷりソースがけの肉があるが、もしもドレスにソースを零したら……と思うと怖くて手が伸びない。

ああ、肉。私に食べられたそうにしてる肉たちがどんどん他の人に取られていく。

なんて悲しいんだろう。

間違いなく、今年一番の悲しみだ。

コルセットをしてるから、そんなに食べられないけど、せめてひと口ぐらい食べたい。

誘惑を振り切るためにワインでも飲もうと周囲を見回す。

見つけたウエイターに声をかけようとすれば、その近くにいた青年が先にシャンパンを受け取り、それを私のほうへと差し出した。

「どうぞ。レディ」

突然のことに固まる私に、彼は誰もが見惚れる微笑みを向けてきた。

ぱちりと瞬きをしてその顔を確認すると、慌てて扇子《せんす》を広げて顔を隠した。

「照れてるんですか？　可愛い人ですね」

私の態度を誤解した奴は甘く囁きながら近づいてくる。

それを必死に逃れて距離を取ろうとすれば、その分だけ詰めてくる。

動きづらいドレスの私に勝ち目は少ない。

諦めて離れろスケコマシ。

「とても素敵な装いですね。月華草と同じ色だ。鮮やかな花の髪飾りも美しいが、どれも貴女の魅力には敵《かな》いませんね」

うおっ。鳥肌が立った。

止めろ、手を取るな。殴りたくなる衝動を堪えてるせいか微かに震える。

それを勘違いしたベネディクト子爵がますます笑みを深めて近づいてくる。

「緊張されているのですか？　ここは騒々しい。静かな場所で今宵の月を眺めませんか？」

うひ――――――っ。

鳥肌が全身に出たかもしれない。

お前が月だけ見て満足するワケないだろうが。むしろ月なんて見ないだろうが。

誘うのは勝手だが、私以外にしろ。

「申し訳ございません。私は子爵様のお相手ができる者ではございません」

なるべく温和に断ろうとしているのに、私の右手を取り指先にキスをした。

何してくれやがりますっ。

急いで回収した右手を隠してドレスで拭く。手袋しているとはいえ、なんかヤダ。

「可愛らしい方だ。そのリンゴのように赤く愛らしい唇で、貴方のお名前をお聞かせください」

ふっざけんなよ。節穴子爵がっ。

イラッとしたので、パチリと扇子を閉じてにっこりと微笑む。

この距離でわからないなんて、自分の変身メイクに自信持っちゃうわー。

軽くスカートを持ち、挨拶した。

「初めまして。ベネディクト子爵様。アンナ・ロットマンと申します」

その時の奴の驚愕《きょうがく》した顔は、それはもう見ものだった。

それを肴《さかな》にニヤリと笑って奴の手から引ったくったシャンパンを飲み干した。

「詐欺だ……」

隣で子爵が片手で顔を覆って嘆いている。

鬱陶しいからどこかへ行ってくれないものか。

「失礼な。いつもよりちょっと化粧しているだけじゃないですか」

「ちょっと⁉　お前の素顔を知ってる俺が間違えたんだぞ？　詐欺レベルだろうがっ」

「嫌な言い方しないでくださいよ。子爵の目が節穴なだけじゃないですか」

残っていたアップルシードルを飲み干して、近くにいたウエイターに渡す。

にっこりと微笑めばウエイターの頬がうっすらと赤くなる。

もしかして、化粧した私って結構美人？

やだ、自信持っちゃうわ〜。

これなら優良物件を狙えるかな。

でも、素顔を見せて子爵みたいに騒がれるのも面倒。詐欺で訴えられて離婚になっても嫌だ。だからといって、常に化粧した状態で毎日過ごすのも嫌だ。

「やっぱり、素顔が一番ですよねぇ」

「どの口が言ってるんだ」

聞こえませーん。

節穴子爵はちょっと黙っててくださいませんか。

ふと目にしたテーブルにはリンゴソースがかかった肉がちょうど運ばれてきた。芳しい匂《にお》いが風に乗って私まで届く。

ああ、いいなぁ。肉。

たぶん、きっと、絶対においしいお肉。黒毛のみっちりした牛の旨味をギュッと凝縮させた高級肉。

なんとか食べられないかと、考える私の視界に子爵が映る。斜め前にあるテーブルと横に立つ子爵を交互に見る。

肉。子爵。肉。子爵。肉………。

私の正体を知る子爵と、うまそうなお肉料理。

これは神の啓示ではないか？

精いっぱい可愛らしく話しかける。

「ベネディクト子爵様。あのテーブルのお肉料理を取ってきてくださいませんか？」

「は？　なんでそんなことをしなければ……」

「お願いします。ダメ、ですか？」

断ろうとする子爵の言葉に被せ気味で話しかける。

ポーズにも抜かりはない。

両手を組んで口もとで固定。すがるように上目遣いで見つめて、少しだけ首を傾げる。意識的に瞬きを二、三度。

声はほんの少し高めに、声量は控えめに。

こんなあざとい仕草なんて普段じゃ似合わないから絶対にやらないけど、変身した今ならできる。

目的のために手段は選ばぬっ！

信じろ。今の私は四割増しだ！

「…………どれだ？」

勝った！

葛藤の末に吐き出された言葉に笑顔が零れた。

「ありがとうございますっ。あそこの四角に切られたお肉と、その横のローストビーフをお願いします」

ため息なんて気にしなーい。

にーく、にーく、にーく。

諦めていた愛《いと》しの肉がついに私のもとへっ！

子爵が戻ってくるのがこんなに待ち遠しいなんて初めて。

やだドキドキが止まらないわ。長く見ているだけだったあのお肉をようやく口に入れられるなんて。

このトキメキ。これが恋？　なんて、な。

期待に満ちている私を見て子爵はなぜか無表情になった後に、盛大にため息を吐いた。

なんだ。止まるな、早く持ってこい。

「ほら。これでいいんだろ？」

「あ、お皿はそのままで、とりあえずコレをフォークに刺してください」

「こうか？」

差し出そうとするのを手で制し、フォークで刺した肉を皿の上に浮かしてもらう。

そうそう。ちょうどいい位置。

フォークに刺さった肉をパクリと口に入れる。

うまっ！

リンゴソースの甘酸っぱさが肉によく合っている。

もぎゅもぎゅと食べ終わり、「ささ、次もお願いします」と、茫然《ぼうぜん》としている子爵に催促をする。

「な、な、おまっ、なに」

「どうしたんですか。顔が赤いですよ？　飲みすぎました？　まぁ、そんなことはいいんで次のお肉をお願いします」

「できるかっ！」

なぜか怒られた。

自分で持たなければドレスは汚れなくていいと思ったのに。

突きつけられた皿を渋々受け取り、慎重に料理を食べる羽目になったせいか、味が半減した気分だ。

半減してもおいしいけどね。

なんとかドレスも汚さずに食べられたからいいけど、手伝ってくれればもう少し余裕を持って食べられたのに。

ちぇー。子爵のケチンボめ。

夏の夜は昼間の暑さが鎮まり、アルコールで火照《ほて》った体を心地よい風が吹き抜けていく。月も綺麗だし、あの肉も、この肉も、アップルシードルもワインもおいしかった。これだけでも連れてこられた甲斐がある。

「ちょっと暑い」

弊害というか、詰め物で底上げしてるせいか汗かくんだよね。

拭くに拭けない場所って困るわぁ。

スクエアカットされた真ん中部分を摘まんで少し風を送る。もちろん見えるほど広げるようなことはしない。慎みってやつですな。

「お前はもう少し慎みってもんを持てっ」

女好きで有名な子爵から意外な言葉が出た。お前が言うなと返してやりたい。

「やだなぁ。ちゃんと持ってますよ。子爵様相手に気取ってどうするんですか」

「いや、気取れよ。俺の前だぞ。遠慮なく気取ってアピールしろよ」

「ご遠慮します」

なぜ子爵相手にそんな疲れることをしなきゃならないんだ。

「普段よりも可愛くなっているのにもったいない。色々と楽しいこと、教えてやろうか？」

くるくるに巻かれた髪をひと房手に取って甘く囁かれた。

そうか、こうやって口説くのか。まさか実体験するとは思わなかった。

「冷静に見返されるとやりにくいんだが」

「じゃあ、やめましょうよ」

頭を振って髪を取り返すと、子爵は自分の首に手を当てて嘆息した。

「どうも調子が狂うな」

調子の悪そうな子爵にワインを手渡すとひと口で飲み切った。もう少し味わえ。

「さっきから気になってたんだが、どうしたんだこの偽乳。あの絶望的な崖《がけ》に膨らみがあるじゃないか」

子爵が向けた視線の先には、体形に似合った胸の膨らみがある。何を隠そう今回の自信作だ。

凝視するな。この女好きめ。

「乙女の秘密です。ていうか、見ないでくださいよ。すけべ」

「ある物は見るだろうが。ただの好奇心だ。お前相手に欲情するか」

「そんな相手を口説こうとした人がよく言う」

ぐっと言葉を詰まらせた子爵に勝ったと内心でガッツポーズを作る。

そろそろお相手でも探しに行けばいいのにと思うが、なぜか横にいるのが不思議。

休憩のつもりなんだろうかと、チーズのカナッペをパクリと食べる。ひと口で食べれば屑《くず》は落ちないはず。

「アンナさん」

もぐもぐと食べていたら、名前を呼ばれた。

変身メイク中の私に気がつくなんて、誰だろう。

不思議に思って振り向くとイケメンがいた。

焦げ茶色の髪の穏やかそうなイケメンさん。優しげなオリーブ色の瞳がしっかりとこちらを見ていた。

「…………あ」

誰かと思ったら、『夜のお茶会』の新人さんだ。

今日は男装だから、気づくのが遅れた。

男装もお似合いです。

「アンナさんですよね。お久しぶりです」

「あ、はい。よくおわかりになりましたね」

原型がわからないぐらいに盛ってるのに。

隣の節穴子爵なんて気づきもしなかったのに。

「骨格は変わりませんから。変装を見抜くのは得意なんです。それに、そんなに別人でもないですからわかりますよ」

「はぁ。すごい特技ですね」

「あんまり仕事では役立ちませんけどね」

あはは。と笑う彼の顔が先日の美女と被る。

ああ、確かに。言われてみれば面影はあるもんだね。

「ルカリオ。お前、こいつと知り合いだったのか？」

「お久しぶりです、ベネディクト子爵。珍しいですね、貴方がまだこんなところにいるなんて」

　ふたりは知り合いらしい。

　というか、イケメンさんはルカリオさんというのね。初めて知ったわ。

　お茶会では基本的に女性名で通すからね。

　家名や役職なんかは耳にしたことから予想できるが、あえて詮索《せんさく》はしない。

　秘密は漏らさないのですよ。できる侍女ですからね。ふっふっふ。

「以前、お世話になったんです」

「迷惑かけられていたら言えよ？　こいつたまに非常識だからな」

　常識ぶるなら恋人をひとりに絞ってから言ってもらいたい。私は真っ当で常識のあるできる侍女ですが？　異論は認めぬ。

「まるで保護者みたいな口ぶりですね。それよりもコーラント子爵のご令嬢が捜していましたよ」

「そうか。そろそろちゃんとした女性に会いに行くか」

　子爵は「じゃあな」と軽く手を上げるとようやく去っていった。

　子爵令嬢とどこかで休憩するつもりなんだろう。できれば室内で、あまり汚さずにイタしてほしい。

　裏庭は止めろよ、明日の担当場所なんだから。

人混みに消えた子爵に念を送っていると、ルカリオさんが横に来ていた。見上げるとにこりと微笑まれた。

「クリフォード侯爵様からアンナさんの話し相手を頼まれたんです。お嫌でなければ付き合っていただけますか」

茶目っ気たっぷりに、胸に手を当ててダンスを申し込むポーズをする。様になってるところを見ると、この人もいいとこのぼんぼんなんだろうか。

私も優雅に見えるように腰を落として礼を返す。

「ご面倒をおかけします」

「いえ。令嬢方の相手に疲れたのでちょうどよかったです」

「では、私の横で申し訳ないですが息抜きしてください」

「ははっ。ありがとう。それにしても、化けましたね」

改めて頭から下までジッと見られる。

値踏みするような視線ではなく、感心するような視線だったため、私も笑って気取って扇子を広げて令嬢っぽくしてみる。

「ドレスが豪華なんで盛りに盛りました」

「目なんて別人ですよ」

「縦ラインを意識して、下まつげを描いているんです。大きく見えるでしょう？」

他にも、アイラインの引き方や陰影の付け方でかなり変わる。手抜きなんて言語道断。

その後は料理を摘まみながら会話を楽しんだ。

ルカリオさんは話し上手で聞き上手だったので、思いのほか話が弾《はず》んだ。

その内容のほとんどが美容とファッションだったせいかもしれない。

次回のお茶会に参加するという彼に、明確な内容をボカしながら希望を聞いたりするのは暗号みたいでちょっと楽しい。

「侯爵に誘われて初めて参加しましたが、あんなに人数がいるとは思いませんでした。あれで全員ですか？」

余り口外しづらい趣味だとお仲間を見つけるのも大変だもんね。でも、他人に言わないだけで意外と多いんだよ。

メンバーの話は侯爵から聞いてないのかな。

マリアンヌさんが教えてないことを私が喋るわけにもいかないしなぁ。そもそも全員の名前って知らないんだよね。なんとなくはわかってはいるけど、確認したわけじゃないからね。

「そうですね。今後も参加されることでお知り合いになる方も増えると思いますよ」

「残念。教えてはいただけないんですね」

ちっとも残念そうではない言い方に曖昧《あいまい》に微笑んで返す。

だって他に答えようがないじゃん。一介の侍女ですよ？　ただのヘアメイク係よ？

「そういえば、ベネディクト子爵とお知り合いなのですね」

「ええ、光栄にもご縁がございまして」

不本意極まりないけどね。

まぁ、子爵経由でワインもらえたこともあったし、肉とか肉とか肉とかお世話になったけど。

なぜか会う度に理不尽な説教されてる気がする。

「もしかして、子爵の恋人のおひとり、とか？」

「それはあり得ませんっ」

ルカリオさんの爆弾発言にぎょっとする。

いきなり何を言い出すんですか。冗談でも止めてほしい。切実に止めてほしい。

首も手も使って全力で否定する私を見て、首を傾げる。

「そうなんですか？」

「もちろんです。私の父は男爵なので身分的にも釣り合いませんし、第一、子爵様の好みではありませんから」

「そうでしょうか」

「そうですともっ」

身分がどうのより生理的に無理だから。

案外話しやすいし、人間としては嫌いではない。だが、恋だ愛だという話は別だ。あの貞操観念の低さは受け付けない。無理。

それに、子爵の好みは肉感的な美女だ。可愛い人もいるが、噂になるお相手は押し並べて豊満な胸をお持ちである。

けっ。

胸だけが女性だと思うなよ。

ないなりの良さってもんを知らないとは素人め。


そういうルカリオさんも例に漏れず巨乳派なんだろうか。いや、それ以前に変身願望があるなら対象は女なのか、男なのか。

変身願望のある人でも恋愛対象は同性だったり異性だったりするから、一概に決められない。

現に、クリフォード侯爵は愛妻家だしね。

こういうのって本当に複雑だなぁと思う。

面と向かって聞くほど仲良くなってないし、繊細な問題だしね。一時の好奇心で聞くものでもないか。

「今さらですが、ルカリオ様とお呼びしてもよろしいですか？」

「これは失礼しました。既に名乗った気でいました。ルカリオ・ガルシアンです」

ガルシアン？　ええっと、伯爵だったかな。ガルシアン伯爵はまだご健在だから、何番目かの息子さんかな。

「アンナ・ロットマンです。では、ガルシアン卿と？」

「いえ、ルカリオで結構ですよ。まだ爵位もない若輩者ですから」

「ご謙遜《けんそん》を」

外務省に勤めている時点でエリートでしょう。

基本的に国の政務を担うのは貴族だけど、全員が爵位を持っているわけではない。国への貢献如何《いかん》では秋の叙勲で授爵されたりもするが、嫡男以外の貴族籍の子息は騎士もしくは王宮勤めをして働くのが一般的。領地のある爵位持ちには及ばないが、それでも王宮勤めというのは給金がいい。その中でも外務省は外交が主なこともあり語学が堪能でなければ入れないエリートである。

つまり、ルカリオさんは将来有望ってやつ。

そりゃご令嬢たちが放っておかないだろう。こういう夜会で避難したくもなるだろうな。

「こういうことを言うと口説いているようですが、アンナさんといると楽しいです」

「そうですか？」

「ええ、他のご令嬢と違って話しやすい」

たぶん、お互いに恋愛対象に入ってないからじゃないかな。

ルカリオさんにとって私は女装を手伝う侍女で、私にとってはお客様だ。そこに恋愛感情はないから話しやすいんだと思う。

たぶん、だけどね。

「楽しい虫除《むしよ》けになれたのなら光栄です」

互いに微笑みあっていると、ホールのほうからダンスの音楽が風に乗って聞こえた。

私たちはホールでダンスを踊ることも、恋の駆け引きをすることもなく、侯爵との待ち合わせの時間まで会話を楽しんでいた。

申し訳ないことに、ルカリオさんは馬車停《ど》まりまでエスコートしてくれた上に侯爵家の方が来るまで付き合ってくれると言う。

いい人だ。いい人すぎてちょっと心配になる。

こういう人と結婚したら幸せなんだろうなぁ。

趣味が女装だけど。対象がどっちかわからんけど。

夜も更けて、ちらほらと帰る貴族たちを端で見ていたら、見覚えのある顔に目が止まる。

「あっ……」

視線の先にいた夫妻を見て思わず声が出た。

ちょうど馬車に乗り込もうとしていたらしく、先に乗った紳士が女性の手を取っている。

片足を踏み台に乗せた女性と目が合った。

彼女は目を見開いて驚いていたが、紳士に促されたのだろう、にこりと微笑んで馬車に乗り込んだ。

動き出した馬車を複雑な気持ちで見送る。

「お知り合いですか？」

「……姉、です」

驚きすぎて、そう答えるだけで精いっぱいだった。

そうだ。こんな夜会なら出会う確率は高いはずだった。

そんな簡単なことを忘れていた。

複雑な胸中を押し隠したまま、侯爵一家と馬車に乗り、ドレスも返却して王宮まで送ってもらった。

自分の部屋に戻るなりベッドに倒れ込む。

あー、もやもやする。

言いたいことがたくさんあるのに何ひとつ言葉としてまとまらない。

疲れた。色々あって疲れた。

そして、そのまま朝まで夢も見ずに寝た。

◆　◆　◆　◆

デビュタントの日。

白いドレスを着て社交デビューしたあの日のことは、今でも鮮明に思い出せる。

あれは三年前の十六歳を目前に控えた春の舞踏会だった。

ドレスさえ新調してやれなくてすまないと父は謝ったが、姉とマルムが手直ししてくれた白いドレスも、姉のデビューを飾った憧れのティアラも、全部私の自慢だった。

侍女もいない貧乏貴族のために王宮侍女が手伝ってくれる予定だったが、姉はそれを断り用意された部屋でいつものように楽しげに髪を結い、初めてちゃんとメイクをしてくれた。

「アンナを可愛くするのに、私以上の適任なんていないでしょう?」

茶目っ気たっぷりに笑う姉のほうが美人なのは周知の事実だし、私は平凡顔だとちゃんと自覚している。けれど、姉はいつも私を可愛いと言う。

そんなはずないと拗ねれば、「バカね。私の妹は世界一可愛いのよ」と鼻を摘まれた。

髪を編み込んで後ろでふんわりと留める。初めてまともにメイクした顔はいつものもの二割増しに見えた。

自分が変身していく過程を見ながら姉とたわいない話をすれば、徐々に緊張が解けていったのを覚えている。

馬の出産に立ち会うことになった父の代わりに、長兄がエスコートをしてくれ、姉が付き添ってくれた。

長兄もちゃんと礼装をすればそれなりに見えるもんだと褒めたのに頬をつねられた。それがレディにすることかと怒る私と長兄を見て姉は楽しそうに笑っていた。

最後のほうだが、両陛下に挨拶も済ませ、拙《つたな》いながらも長兄と初めてのダンスも踊れた。何度か長兄の爪先を踏んでしまったので、後で怒られるだろうなぁとは思っていたが、それも想定内だったらしい。

「できるだけ頑丈な靴にしたから大丈夫だ」

しれっと答えた長兄の足を再度踏んでみようとしたが躱《かわ》された。

「お前は〜」

怒った長兄の手が不穏な形に握り込まれる。

「待った。それは髪が崩れるからっ」

咄嗟に姉の後ろに隠れれば、姉は楽しそうに笑って庇《かば》ってくれる。長兄も仕方ないと盛大にため息を吐いて諦めてくれた。

長兄は姉に甘いと思う。美人だから仕方ないのかもしれないが、もう少し末っ子にも優しくすればいいのにと何度思ったことか。

挨拶回りに行った長兄の文句を言えば「兄さんはアンナにも優しいわよ」と微笑まれたが、そんなことはないと思う。私の扱いが雑すぎる。

膨れる私の頬を姉がツンと突いて笑う。

楽しげな表情に、つい自分も笑ってしまった。

長兄と姉、あまり緊張もせずに過ごせた。

一度は断ったけど、デビューさせてもらえてやっぱりよかったなぁと思っていたのに。

あの男が全部台なしにしたのだ。


美人で聡明で優しい姉は私の自慢だ。

私が幼い時になくした母の代わりに、姉は女主人の役割をこなしていた。家や領地のことをデビュー前の少女だった姉が手伝っていたのだ。大変だったはずなのに、笑顔で接してくれる姉が大好きで、自慢だった。

長兄の結婚でようやく役目から解放されて自由になれたのに。あの男のせいで、また大変な思いをする羽目になったのだ。

クロイツェル伯爵家の嫡男ナシエル・クロイツェル。

赤毛の混じった癖のある金髪が自慢の気障《きざ》ったらしい男は、姉妹で仲良く過ごしているところに現れ、姉の前に跪《ひざまず》くとその右手にキスをして求婚したのだ。

「愛しいカレン。私の『真実の愛』は永遠に貴女だけのものです。どうか私の心を受け取ってください」

潤んだ瞳で姉を見上げ、夢見るように告げた告白に、周囲には黄色い悲鳴とお祝いムードが広がった。

よりにもよって、
私のデビュタントの日に、
大好きな姉に、

『真実の愛』だと抜かして、
求婚しやがったのだ！

あのせっかち男はっ！

あの時、咄嗟に奴の顔面を蹴らなかったことを何度も何度も後悔し、耐えた自分を褒めてやりたい。

後で知ったが、姉は前々からあの伯爵に言い寄られていたそうだ。だが、妹が成人するまでは……と断っていたらしい。

それを鵜呑《うの》みにした伯爵は、私がデビューしたのだからもういいだろうと勝手に解釈して、公衆の面前で告白に踏み切ったのだとか。

理由を聞いて、私の中のナシエル・クロイツェルの印象が最低最悪になり地の底まで落ちたことはいうまでもない。

歩くたびに靴の中に小石が入ればいいのに。

後日、うちに正式な婚約の打診が届き、それは呆気《あっけ》なく受理された。

伯爵からの正式な要請をしがない男爵が断れるはずもない。

デビューしたての無力な小娘にできることはなく、姉を訪ねてくる伯爵に地味な嫌がらせをすることぐらいしかできなかった。

三度目の訪問の時。悪戯《いたずら》がばれて渋々謝りにいった時、まるで子どもに諭すように話しかけてきた。

「アンナちゃん。ちょっとカレンに依存しすぎじゃないかな。もうデビューもして立派な淑女なんだから、立ち振る舞いには気をつけないと。君だけじゃなくてカレンまで笑われてしまうんだよ」

言われた言葉にショックを受けていたのに、あの男はさらに追い打ちをかけてきた。

「そろそろカレンを解放してあげたらどうだい？　ずっと君たちの面倒をみてきたんだ。結婚して伯爵夫人になるカレンを自由にしてあげようと思わないのかい？」

忙しい姉の仕事の中に、私の面倒が入っているのはちゃんとわかっていた。だから、できることはやったし、私なりに努力してきたつもりだ。それを真っ向から否定され、痛いところを突かれ、反論ができなかった。

姉の本音がわからなくなって、足もとがぐらついた気分になった。

私から離れることが姉の幸せに繋がるのだろうか。

わからない。

わからない。

「君もカレンの幸せを願っていると信じているよ」

馬鹿な子どもに言い聞かせるために浮かべた事務的な笑顔を殴りたくて仕方なかった。

それ以降、顔も見るのも嫌で、結婚式まで避けまくった。


一際光り輝くほど綺麗な姉の花嫁姿に感涙した結婚式では、隣に立つ伯爵に腹痛でトイレに駆け込めと念じたが、ムカつくことに恙《つつが》なく終了した。

披露宴では、姉の横にいる伯爵に腹を立てながらも表面上は穏やかに過ごした。足を滑らせて無様《ぶざま》に転《こ》けてしまえと念じながら、おいしい料理に集中した。

てしまった。

『運命』だの『真実』だの口走る女が乱入しないかと期待したが、何事もなく無事に終わっ

姉とともに見送りした伯爵に、個性的で前衛的な頭髪になればいいとかなり本気で願ったが、その願いはいまだに叶っていない。

結婚していなくなった姉の部屋を見ては泣きそうになり、伯爵が出かけるたびに玄関前で虫の死骸に出遭えばいいのにと神に祈った。

その後何度か姉からの手紙で遊びにおいでと誘われたけど、伯爵の家に行くのはむかっ腹がたつし、全部断って行きづらくなって二年。

なんで遇《あ》うかなっ！

しかも変身フルメイクで遭遇するとか、ないわー。即バレして、しかも横にはイケメンなルカリオさんがいるとこを目撃されるとか、ないわー。

妙な誤解されてる。あの微笑みは「まぁ、アンナにも春が来たのね」とか勘違いしてる顔だ。

なんか、なんか、もう、いたたまれない。

おまけに久々に伯爵まで見たし！

三年前からかけている薄毛の呪《のろ》いはまだ効力を発揮していないっぽかった。

頭のあちこちが円形脱毛になればいいのに。

自慢の髪の毛が抜けていく恐怖に震えるがいいっ！

思い出した行き場のない怒りは仕事と刺繍にぶつけた。

外の回廊は汚れを落として磨き上げ、浴場の湯垢《ゆあか》は全てこそぎ落とした。階段の手すりはキュッと音が鳴るほど磨き上げた。

今なら鍋の焦げ付きも落とせる気がする。

厨房はコックの聖域なのでやらないが、そのぐらいの勢いがあった。

タペストリーも予定より早めに出来上がった。

怒りのパワーってすごい。

いつもより手が速く動くんだよ。布地が奴の顔面だと思えば刺す速度も増すというものだ。

初めて役に立ったな、伯爵。まったく全然感謝などしないがな。はんっ！

夜中に何度も起きるという頻尿になれ。「若いのにお気の毒に」と使用人から憐《あわ》れまれるがいい。

できあがったタペストリーを机に広げる。

課題をもらい、手間と時間を盛大にかけたタペストリーがようやく完成した。

感無量である。

できあがった喜びにちょっと目頭が熱くなる。

うんうん、頑張ったよ私。

後ろに下がって全体を見る。

タペストリーの下半分を埋めるテーブルにはフルーツの盛り合わせと愛人の首を乗せた三つの皿。見切れたひとつはまだ布がかけられた状態。ひとつは王の正面を向いているせいで後頭部しか見えないが、もうひとつはうっすらと目と口を開いて斜め下から王を見上げている。

澄ました王妃サメロンが、皿を隠していた血染めの布を取り王へと披露する。王は恐怖に目を見開いて首だけになった愛人を見ている。

この驚愕の顔がなかなか難しかった。

浮気がバレた恐妻家の男爵様、ありがとう。貴方の犠牲に感謝を捧げよう。

白い柱の奥には青空が広がり、王や王妃の背後には飾られた花が色鮮やかに咲いている。

皿から溢れた血は血溜まりとなり、テーブルを濃い赤色に染めて下へと滴り落ちている。

王妃の白いドレスに飛び散った飛沫は変色して茶色に変わっている。

王妃の指先も赤くしたのは我ながらいい出来だと思う。爪じゃないのよ、指先なの。ここ、こだわりです。

背景の平和な美しさと凄惨《せいさん》なテーブルの対比。


うん、いい。上出来。

刺繍の綻《ほころ》びも浮きもない。

完璧。

すごくない？　この渾身《こんしん》の自信作。まるで絵画のようだよ。

課題の評価はもちろん、芸術祭では即買されちゃうんじゃないの？　買い手が殺到したらどうしよう。オークションしちゃう？

「自分の才能が怖い」

やば。私ってば新たな才能が開花しちゃった？

これは義姉も納得の一品だろう。文句などひと言もあるまい。

思ったよりも早めに仕上がったから、もう何点か刺しちゃおうかな。

こんな凝った物は無理なんで、花や子犬とかいいかもしれない。仕方ないから次は大衆に媚《こ》びてやろう。

目指せ収入増っ！

使いやすいハンカチが一番だけど、競争相手が多いんだよね。小物入れやミニクッションもいいかもしれない。

よっしゃ！　頑張るぞ！

新たなやる気を見出した私のもとに、姉から久々の手紙が届いた。

「遊びにいらっしゃい」「顔が見たいわ」という誘いに、複雑な想いを抱きながらも了承の返事を送った。

いい加減、私も大人にならねばならないのかもしれない。

◆　◆　◆　◆

姉に返事を出した二日後にその返事が届いた。

そして最速で、来週の休日に伯爵家への訪問が決まった。決まってしまった。もう後戻りはできない。

その日は姉の夫的な伯爵はお仕事なんで日中はいないらしい。一日中いなくてもいい。いっそのこと一か月ぐらい、いなくてもいいと思う。

伯爵に会わないのはとてもありがたい。
奴のことはどうでもいい。
そんなことより、姉にどんな顔して会えばいいのか。
久々すぎる上に自ら避けていたせいで、なんだかムズムズして落ち着かない。
いやいや、トイレじゃないよ。ついでに行ってくるけど、違うから。

どんなに迷おうとも困ろうとも、仕事はある。
本日は温室の掃除がある。そこそこ広い温室の掃除をひとりで。
もう一度言おう。
そこそこ広い温室の掃除をひとりで、だ。
普通二、三人でやるやつだよね。
あれぇ？　私ひとり？
まぁ、いいや。やりますとも。ええ、やりますともさ。

王宮の東庭園の日当たりの良い場所に造られた温室はガラスを贅沢に使用した大きな物で、南国の珍しい果物や植物が植えられている。
ここは日中だけ開放されていて、ちょっとした休憩や散歩ができる知る人ぞ知る場所である。

もちろん、入口に管理人はいるので誰でも入れるわけではない。

基本的に入れるのは王族や伯爵以上の高位貴族だ。ちなみに同伴は貴族であれば階級は問題ないらしい。

なんというか、連れ込むためのルールだよね、それ。

温室の植物は庭師の仕事だから、雑草抜きとか水やりとか植物に関することはしない。

通り道の掃き掃除、ゴミ拾い、東屋風の休憩所やベンチの掃除と破損のチェック、そして休憩室の掃除。

やることはそれだけなんだけど、広いので掃き掃除だけでも手間なんだよねぇ。

その上、二か所ある休憩所は背の高い植物の陰にあったりして、もうそういう目的のためだよね？　としかいいようがない造りになっている。だれだ設計したのは。

やってくる人は少ないのに、なぜか使用率が高くて、毎回どこかが汚れてるんだよね。

普通に植物でも見て休憩しろよ。

半分外みたいで興奮するとか、外だと寒いからなんてふざけた理由で利用するのは勘弁してほしい。

休憩室っていうのは、温室の一番奥に植物を見ながら休める部屋のこと。前王が、植物好きの前王妃のために造ったらしいよ。

温室側の壁の一部に大きなガラスが嵌め込まれていて、白で統一された優美な丸テーブルと椅子が二脚置かれている。

前王妃は温室の鮮やかな花々を見ながら優雅にお茶を楽しんだらしい。

なぜか少し離れて置かれたゆったりとしたソファ。どう見ても後付けだ。これだけ浮いている。

過去に、ここの掃除でこのソファが汚れていなかったことがない。

愛用した休憩室がそんな使われ方をしてると知ったら、前王妃も草葉の陰で泣いてることだろう。死んでないけど。

前王も前王妃も譲位後は、王都から離れた離宮でのんびりと過ごされている。

悠々自適の隠居生活。田舎は田舎でもうちみたいな田舎じゃないのは確かだろう。

面倒なことは最初に済ましておこうと、さくさくと進んでいくと子猫の声が聞こえてきた。

どこからか入り込んだのだろうか。

広いから捜すのは大変だけど、荒らされても困る。管理人を通じて、庭師に連絡してもらおうとこの後の算段をしていたんだけど、なんだか様子がおかしい。

子猫の泣き声の合間に人の声が聞こえる。

飼い猫でも動物は入室禁止ですよ。まったくもう。

休憩室の扉をノックしようとしたその瞬間。

「みゃあああぁぁんっ」

拳ひとつ分開いていたドアから聞こえたのは、甘ったるい猫のような声。それは明らかに人間の女性の声だった。

咄嗟にノックしようとした手を引っ込め、両手で口を塞ぐ。息ひとつでも間違えたら気づかれてしまう。

慎重に後ろに下がって離れようとする私の耳に声が届いた。

「あはっ。ダメですよ、お仕置きって言いましたよね？」

「ごめぇんなしゃいぃぃぃ」

「呂律《ろれつ》が回ってないですよ。なんて可愛い、私の姫。ほら、ちゃんと持たないと落ちちゃいますよ」

「やん。だめ、だめなのぉ」

聞こえてくる愉《たの》しげな声に鳥肌が立ち、思わず足が止まる。

何してんの。

お仕置きって何してんの。

会話の意味がわかんない。

すっごく楽しそうな声が怖いんですけど、何してんの。

いや、いい。聞きたくない。聞いたらヤバイ気がする。

誰かいるならいるって言えよ、管理人！

掃除に入るって挨拶した時になんか微妙な顔してたのは、コレか!?　コレだな!?

大方口止めされたんだろうが、濁して伝えるぐらいはしろっ。

ただ座ってるだけの木偶《でく》の坊なら管理人なんて辞めちまえ！

「ほら。もうこんなに溢れ出した。ねぇ姫？　どうされたいのですか。私に教えて？」

「……を……して……」

「ふふ。聞こえませんよ。ちゃんとおねだりして」

「みにゃあぁぁ」

あんあん、にゃーにゃー、うるせーよ。

盛りの付いた猫か。時期外れの発情期か。

縄張りでも主張してんのか。

マーキングすんなら自室にしやがれっ。

「いやぁ。リリ。リリアン。意地悪しにゃいれぇ」

猫女の甘えた言葉を聞いて、冷や汗が出た。

なんて言った？

リリアン？　リリアンってまさか、王妃の護衛女騎士のリリアン・アッシュラント様？　大の男嫌いで女性だけの百合騎士団を作ったことで有名な、あのリリアン・アッシュラント様？　ついでに、王妃の愛人のひとりという噂もある。

じゃあ、甲高《かんだか》い声の猫女は末の第三王女かもしれない。いや、たぶん当たりだ。

イラッとするぐらい高くて甘えた声を偶然聞いたことがあるからだ。

一緒にいたマチルダおばちゃんが若い頃の王妃と同じ声だと嫌そうに言っていたので、なんとなく覚えてしまった。

マジか。

第三王女って、来年帝国の第五皇子に嫁ぐ予定じゃなかったっけ。

ちなみに第一王女は海を隔てた西にあるミナルク王国の第二王子に嫁いでいて、第二王女は四十五歳の公爵に嫁いでいる。年の差婚で御家騒動かと騒がれたが、第二王女の押しかけ女房らしい。オジ専が過ぎる。

いや、それはどうでもいい。

リリアン様と第三王女の組み合わせかぁ。

……親子丼。

いやいやいや。そうじゃない、今気にするのはそこじゃない。

リリアン様と王妃の噂は、あくまでも噂だ。

どれだけ黒に近かろうとも噂だけなのだ。

それよりも、王女だ。

女同士なら一線は越えてないだろうから、いいのか。

え？　よくないよね。

でも、男じゃないから、いいのか。

待て。混乱してきた。

……まぁ、いいや。私には関係ない話だし。

「あっ……ああん。やぁん。あ、あ、だめ、だめ、だめぇぇぇぇ」

うるさい。ダメなのはでかい喘ぎ声だ。

もう少し声を抑えろ。見つかったらやばいのはそっちでしょう。

「可憐な声が誰かに聞かれているかもしれませんよ？　どうします？　貴女の乱れるイヤらしい姿を見せて差し上げてみますか？」

「やぁ。リリのいじわりゅ……」

ほらぁ、意識がそっちに行ったから、どSなリリアン様の言葉攻めまで聞こえてきたじゃん。

気づかれないように、そっと扉を閉めておくのが最善かもしれない。

わずかに開いていた扉を閉めようと伸ばした手に影が落ちる。

その違和感に嫌な予感を覚えつつもそろそろと顔を上げると、さっきよりも開いた隙間から冷たいふたつの目が私を見下ろしていた。

「っ！」

驚きで悲鳴を上げそうになった口を、必死で両手で押さえつけ、なんとか飲み込んだ。

代わりに、バランスを崩して尻餅《しりもち》をついてしまった。地味に痛い。

間近で見たリリアン様は麗人という言葉がぴったりと当てはまるくらい凜々しくて綺麗だった。

普通に出会ったなら見惚れたぐらいですむだろうが、今はヤバい。

状況的に、私は完全にのぞき魔だ。

冷たく見下ろしてくる青い瞳が恐ろしい。

ヤバくない？　これ、死亡案件じゃない？

違うんです。覗くつもりなんてなかったんです。最初から開いてたんです。

てか、覗いてないし。むしろ閉めようとしたのに。

扉が開く小さな音がとても恐ろしく聞こえた。

一歩二歩と近づいてくる無表情が怖い。

やばい。死ぬ。殺される。

お父さん、ゲイル兄ちゃん、カイン兄ちゃん、お姉ちゃん、ニナ義姉さん、先立つ不孝をお許しください。王女と女騎士の密会に出くわしたせいで不慮の死を遂げちゃいそうです。

せめて亡骸《なきがら》は家に帰れますように。あ、後、部屋に隠してるへそくりも。

若干震えながらもリリアン様から目を離さずにいると、座り込んだ私の前に片膝をついた。

　ぐっと顔を寄せてくる。

「ねぇ、君。温かいお茶とタオルを持ってきてくれる？」

囁かれた願いに、口を手で塞いだまま必死で肯いた。

魅惑の微笑を浮かべたリリアン様は、さらに身を乗り出してきた。

「おしゃべり雀《すずめ》は長生きできないって知っている？」

耳元で囁かれた明らかな脅しにぐっと唇を噛む。既に立ち上がっているリリアン様を見上げれば美貌《びぼう》に似合った酷薄な笑みを浮かべていた。

　震える足に力を込めてなんとか立ち上がると、背筋を伸ばして了承の意味を込めて頭を下げる。そのまま後ろに下がると扉が閉まる音がしたので、大急ぎで駆けだした。

怖かった。マジで怖かった。

死ぬかと思ったけど、なんとか生きてるよ。よかったあぁぁ。

心臓がバクバクしている。

女性だと男から軽んじられても、やはり騎士だ。あの場で悲鳴でも上げていたら切られていたかもしれない。剣を抜くのも躊躇いがなさそうな目をしていた。

あれはヤバい。

敵に回しちゃなんないわ。近づいちゃダメな人だわ。

今後は避けていくことを胸に誓い、お茶とお菓子とタオルに加えて蒸しタオルも用意した。

休憩室の前に立てば、見計らったようにリリアン様が出てくる。

こわっ。

無言で用意した物を乗せたワゴンから一歩下がり頭を下げた。

緊張の中、足音とともに下げた視界にリリアン様の靴先が見えた。

私の緊張も心臓もピークに達しそうである。

「気の利く子は好きですよ」

かけられた言葉に冷や汗が出る。

牽制《けんせい》とかもういいから早く戻れ。

「覚えていてあげますね」

いらん捨て台詞《せりふ》を残してリリアン様は、ワゴンを押して休憩室へ戻って行った。

私は音を立てないように素早く離れると、温室の入口付近まで戻った。

あぁ、緊張した。

一気に疲れた。こんなに疲れたのに、掃除が少しもできてないってどうなの。

もう帰りたいが、そんなわけにもいかない。

仕方なく、入口付近から掃除を始める。できるだけ静かに気配を消して。

ふたりでいるところをなるべく見られたくないんだってことはわかった。色々と面倒しかなさそうだもんね。


ゴミを拾いながら深いため息が出そうになる。

王宮で働き始めていろんな場面に出くわしたが、今回のはヤバかった。

まさか王女の相手がリリアン様だとか知るわけないじゃん。輿入《こしい》れ前なのに、何してんだ。

うちの国王も王妃も、もうちょっとちゃんと教育しとけよ。

あのふたりだから王女があぁなるのか。

いやいや、ちゃんと教育したらならないでしょう。男の恋人じゃないだけちゃんと考えてるのかもしれない。それはそれでどうだよ？　って話だけどさ。

もう本当にさ、うちの王族ってダメじゃね。

第一王女は知らないけど、第二王女は枯れオジ好きだし、第三王女は女騎士とイチャついてるし。そもそも国王はロリコンだし、王妃は複数の愛人が男女ともいるんだよ。

まともなのって王太子ぐらいじゃないかな。

なんでこんなにエロ特化なの？『真実の愛』ってエロエロなの？　エロエロなんだな。

そうだろう、そうだろう。

やっぱり碌なもんじゃないな。

ってことは、姉の夫的なあの伯爵もエロエロなのか。

ダメだ。姉がエロエロ変態に襲われるなんて。

会いに行ったら護身用の剣でも渡そう。殺傷能力の高い物がいいな。


ベンチ付近に落ちている見慣れたゴミを拾い、雑巾で付いた汚れを落とす。時間が経ってる汚れって頑固なんだよね。水かけてブラシでゴシゴシ洗いたい。音を気にするとできないのが悔しい。

早く出て行ってくれないかな。

無心に掃除していると、足音が聞こえた。

慌ててベンチの陰に身を潜《ひそ》める。視界を遮る背の高い植物の隙間から寄り添って歩くふたりの姿が見えた。

王女様足がふらふらじゃん。リリアン様ご満悦じゃん。

内心あきれながらも覗いていたら、不意にリリアン様の足が止まった。

そうっと視線を上げると、目が合った。

にぃっと口端を上げて人差し指をそっと当てる。見ようによっては色気のある仕草なのに恐怖しか感じません。

何事もなかったように歩き去って行く後ろ姿が見えなくなって、ようやく息ができた気がした。

あぁ、緊張した。

もちろん。言いませんとも。自ら火の粉を浴びに行くどMな趣味はありません。

第一、面倒くさい。これでも忙しいんだよ、私は。

よし、忘れよう。

何も見てない。

何も聞いてない。

はい。復唱。

休憩室のソファは案の定汚れてた。
ソファだけで済んでよかったというところか。
だが、しかーし！
ぐちゃぐちゃだけどね。いろんな意味でぐちゃぐちゃだけどね。
女同士でも汚れるんだって要らん知識がまた増えた。
汚れたソファのカバーをよいしょと剝がす。
ソファカバーって厚みあるし重いんだよ。新しく付け替えるだけで結構な重労働なの。
もう、本当にさぁ……。

潔くベッド置きやがれ。

◆◆◆◆

オルランド王国の王都ランドリアは、王宮を中心に広がった貴族街と、さらに広げた市民街でできており、扇に近い地形になっている。
王宮の背後には離宮を含む庭園と王領の森があり、その先は神域とされるカプノース山がそびえ、山を越えた北側には小国がふたつあるが、カプノース山が険しくほぼ国交はない。

西側はクレール海を挟んで国交がある国が幾つかある。

東側はシベルタ帝国とチェチィア王国があり、南西にキノウ公国がある。

どの国とも国交はあり、表面上はとても友好で平和な日々が続いている。


貴族街と市民街は壁で隔てられ、行き来するには四か所の門を通らねばならない。その門から伸びた道が大通りとして栄えている。

そんな大通りのひとつに職人通りがある。西側にあるその大通りには様々な職人が工房を構えていた。

鍛冶師や、金属を扱う彫金師、家具職人、陶器職人等様々で、通りのあちこちでは、いろんな音が聞こえてくる。

武具の扱いもあるので兵士や騎士の出入りも多い。高価な物を扱うので警備兵の巡回も多く、市民街でも安心・安全な区間となっている。


王宮の騎士や兵士たちが手にする武器や防具を扱う鍛冶師工房のひとつ『ドルトン』は大通りから一本横に逸れた場所にあった。

六十年以上、大きな戦もない平和な世の中なので、軍事需要などの大儲《おおもう》けはないが、研ぎや補修などは毎月あるし、成人の祝いなどに贈る飾り剣等の注文もある。

老舗である『ドルトン』は信頼も実績もあるが、そこに胡座をかくことなく研鑽《けんさん》を積んでいて兵士たちの間では人気の工房であった。

そんな実家が誇りでもあるサラは今日も今日とて店番をやっている。

小さな店頭には物は並べず、客の注文に応じて商品を出していく形式だ。

外注が主なので、店を訪れる買い物客は少ない。女のサラは鍛冶場には立てないので、せめてもと店番や帳簿付けを手伝わせてもらっている。

男だったら鍛冶場に入れるのに。と、武器が大好きなサラはため息を吐きながらも、祖父が打った小剣をうっとりと眺めていた。


チリリンと軽やかなドアベルが鳴り、ひとりの客が入ってきた。

どこかに仕える侍女だろうか。茶色の髪を編み込んで後ろでまとめており、簡素ながら質の良い服を着ている。

「いらっしゃいませ」

笑顔で接客すれば「警備兵長のグレッグさんの紹介で来ました」と告げられた。

ああ、王宮の侍女さんかな。

王宮の警備兵長のグレッグさんは、十年前はまだ一兵卒で、よくうちに注文依頼に来ていた人だ。

厳《いか》つい顔をしているのに子ども好きで、昔はよく構ってくれていた。今でもたまにやってきては娘さんの自慢話なんかをしていくほどの溺愛《できあい》パパになっている。多少ウザいが信頼できる人で、こんな風に口コミでうちの店を紹介してくれる。

「グレッグさんのご紹介ですね。ありがとうございます。何をご所望ですか？」

「護身用の剣はありますか？　貴族のご婦人用なのですが」

「ええ、ございます。ご希望などはございますか？」

婦人用ならば、凝った装飾を頼む人が多い。宝石を嵌めたいとか家紋を彫りたいとか。

侍女さんはしばらく考えると、とても真剣な顔で口を開いた。

「なるべく殺傷能力が高くて、一撃で仕留められる物がいいです。持ち歩きたいので、細身で軽いほうが良いのですが」

ん？　ご婦人用って聞いたはずなんだけど。

殺傷能力ってナニ？

「当方の刃物はどれも切れ味抜群ですよ」

「その中でも一撃必殺で殺《ヤ》れる得物《えもの》を希望です」

「えっとぉ……」

そのご婦人は何と戦う予定なの？

なんだか侍女さんの目も据わってるし、お家騒動とか？

やだなぁ。そんなことにうちの武器を使わないでよ。

「護身用、ですよね？」

「もちろんです」

恐る恐る尋ねると真面目な顔でキッパリと信用ならない答えが返ってきた。

どうしよう。

迷ったけど、断る理由が思いつかない。仕方なく何点か護身用の小剣を出す。

グレッグさん、本当に信用してるからねっ。何かあったら責任取ってよ～～。

今回は時間がないので既製品でいいと言われて、ますます不安しかない。

嫌な汗をかきながらも、婦人用に装飾された小剣の説明をしていく。

それをとても真剣な顔で聞いてくれるので、こっちもちょっと熱が入って実用的な切れ味抜群の物まで出してしまった。

早まったかもしれない。

でも、出した物はしかたない。

商談用に置いてあるテーブルに商品を並べて、侍女さんには椅子を勧めて座ってもらう。

「ゆっくりとお選びください。わからないことがありましたら、お声掛けください」

来客用の紅茶を置いて、そそくさとカウンターへと戻る。

侍女さんは親の仇《かたき》を見るような表情で小剣をじっくりと見ている。

時折聞こえる「急所を突けば」とか「一撃で」とか物騒な独り言は全力で聞かないフリをした。

グレッグさんっ！　本当に、本当に信用してるからねっ！

侍女さんは、何点か質問した後は三本に絞って悩んでいる。

すごい集中力。というか、圧が怖い。

なんだろう。本当に親の仇じゃないよね？

グレッグさんに祈ってみるが、娘ラブのデレ顔しか思い出せない。

思わずため息を、吐きかけた時ドアベルがチリリンと鳴った。

「いらっしゃい……ま……せ……」

慌てて笑顔を向ければ、そこにいたのは懐かしい人だった。

「……ジム……。あっ、失礼しました」

「いや、いい。いつも通り呼んでくれ」

ジムはそう言って笑う。

その笑顔を見るのは少しつらい。喉の奥から苦いものが溢れてきそうで、無理矢理笑った。

「そんなワケにはいきませんよ。それで、今日はどうしました？」

「サラ。君に伝えたいことがあってきたんだ……」

「……ご用がないのならお帰りください」

私の言葉に傷ついた顔をしないで。

私のほうが傷ついたのに。どうしてアナタがそんな顔をするの。

ジムの本当の名前はジェームズ・チェイサー。この国の西側、クレール海を渡った先にあるミナルク王国の伯爵のご子息で、本当なら私なんかが気安く話しかけちゃいけない貴族だった。

縁があってこの国で働いていた彼と一年前にひょんなことで知り合い、惹かれて付き合うようになった。

もちろん、彼が貴族だなんて知らなくて、変装していた彼をちょっと裕福な家の人ぐらいにしか思ってなかった。

本気で好きになって、初めて彼とひとつになれた四日後、彼が他国の貴族だと知った。

彼の同僚の人がわざわざ店まで来て教えてくれた。ミナルク王国には彼の婚約者がいることも、私とは遊びだったことも。

貴族と平民は結婚なんてできない。

泣いて、泣いて、泣き明かして、決死の覚悟で彼に別れを告げたのに、どうしてまた現れるの。

私の気持ちをかき回さないでほしいと思うのに、会えて嬉しいと胸の奥が苦しくなる。

「サラ。君を、愛してる」

ジムが伸ばした手を、首を振って拒絶する。

「うそっ！　婚約者がいるくせにっ」

「そんなものいない。マルクの嘘だ。アイツの言ったことは全部嘘だ」

必死に告げるその言葉に縋《すが》りたくなる。

でも……、

「貴方が貴族なのは本当じゃない。あたしは鍛冶師の娘よ。ただの平民なの……身分が違うのよ……」

「……捨ててきた」

「え？」

ぽつりと呟いた声を聞き返す。

なんて言ったの？

「国に帰って身分を捨ててきた。平民になったオレは嫌いかい？」

ジムの言葉に驚きすぎて言葉が出ない。

身分を捨てた？　私のために？

貴族の身分を捨ててまで、私を選んでくれるっていうの？

神様。これは私の願望？　それとも、夢？

「ジム……本当に？」

「ああ。サラと一緒になれないなら身分なんて要らない」

震える声で問えば、付き合っていた時によく見ていた眩《まぶ》しい笑顔で答えてくれる。

なんて、こと。

両手で口を押さえないと悲鳴を上げて泣きだしてしまいそう。

ああ、神様。

ジムが私をまっすぐに見つめてくる。

「愛してるんだ」

「………ジムっ」

広げたその腕の中に駆け込めば、逞《たくま》しい腕でしっかりと抱きしめてくれる。

ああ、この匂い。大好きなジムの匂いだわ。

嬉しくて、嬉しくて、涙も気持ちも溢れ出して止まらない。

「私も、私も愛してるわっ」

「ああ、サラっ。愛してるよ、オレの運命、幸福の女神。君にオレの全てを捧げよう。もう離さない」

「離さないで。ああ、ジム。ジム、愛してるわ」

私たちは愛の言葉を交わしながら、熱い口付けを交わしたのだった。

◆終幕◆

ちょっと待てぇぇ――――？

あんたたち、客がいることを忘れてるね？　完全に忘れてるよね！

いきなり始まった恋愛劇は目の前でフィナーレを迎えている。

なんだ、この後はカーテンコールか？　アンコールか？

涙ぐんで拍手でもしろと？　ふざけんな。

どれにするかさんざん迷って、ようやく決まったのでお会計をと思ったら、やってきた客と店員さんが何やら深刻そうな雰囲気だったので、空気を読んで気配を消していたらコレだ。

最悪なことに、店の出入口は彼らの向こう側だ。出られないなら仕方ない、少し待っていようと思っていたが、終わる気配が一向にない。

盛り上がって濃厚なキスをするふたりの鼻先にこの小剣を突き立ててやりたい。

いやいや、それでは刃傷沙汰《にんじょうざた》だし、相手の男に返り討ちにあいそうだ。

私はか弱いただの侍女だしね。無理無理。

諦めて観劇することにした。

早く終われ。もしくは客の存在に気づけ。

おいおいお兄さん、店員さんの服の裾《すそ》に手が入ってますよ。健康的な肌がチラ見えしている。

それ以上は寝室でやってくれ。その前に私の買い物を終わらせろ。

そして店を閉店させてから思う存分イチャつきやがるがよろしいんじゃございませんですか？　けっ。

しかし、劇は終わらない。

唾液《だえき》を絡ませながら、抱き合う男の手も、女の足も不埒《ふらち》な動きを続ける。

なんだか蛇を思い出す。

それにしても長い。そろそろ我慢も限界だ。

大蛇のような恋人たちに向かって強めに拍手を贈った。

気分的には付き合いで行った面白くもない舞台後のカーテンコールだ。

そこでやっと私の存在を思い出したふたりがこちらを向く。

店員さんは真っ赤になって慌てて離れようとするが、男の手がガッシリと腰を抱いてそれを阻んでいた。

「おめでとうございます。恋人になった瞬間に立ち合えるなんて滅多にない経験をさせていただきましたわ。お邪魔虫は退散したいのだけれど、これの精算をお願いできますか？」

「はっはいっ！　すみません、今すぐに」

店員さんが慌てて私が差し出した小剣を受け取りカウンターへと戻って行く。

少し乱れたその背中に追加注文を投げかけた。

「贈り物ですので、包装をしてリボンを掛けていただけますか？　ああ、こちらの工房の封《ふう》蠟《ろう》もお願いしますね」

贈り物以外では包装などしないし、リボンなんて婦人用でなければかけることはない。

工房の封蠟にしても、工房の宣伝にはなるが蠟を炙《あぶ》って垂らして刻印を押して冷ましてと、ちょっと面倒くさいので急いでいる時は嫌がられる。


もちろん、嫌がらせだ。


ほんのちょっとふたりっきりになるまでの時間が延びるだけじゃないか。出鼻を挫かれたぐらいなんだというんだ。こっちは安い恋愛劇を目の前で見せられ、気まずい思いをしたんだ。それぐらい我慢しろ。

渋面の青年に向かって満面の笑みを向ける。

「大事な方への贈り物ですの」

文句があるはずないよね？

客がいる前で盛る自分の下半身を呪え。

どうせ私が帰ったら店閉めてイチャつく気だろう。

けっ。お幸せで結構でございますこと。

続いて客が入ってくることを切に願おう。

商売繁盛、結構じゃないか。

◆　◆　◆　◆

…………。

…………。

…………やっぱりもう一回トイレに行こうか。もう何も出る気はしないけど。

立ち上がって、考えて、また座る。繰り返すこと数回。もはや何かのトレーニングのようだ。

忘れ物はないよね。プレゼントを入れた紙袋にハンカチとか諸々を入れたバッグもある。

……やっぱり、行くだけ行ってこようか。

いや、緊張で朝ご飯もほとんど食べられなかった。腹の中はほぼ空だ。

でも何かが出そうな気がする。

王宮の馬車待合室で、さっきから立ったり座ったりを繰り返している行動不審な女です。すみません。

そろそろ少ない人の目が気になってきたので、諦めて大人しく座ることにした。

待合室は、仕事始まりの朝と仕事終わりの夕方は混むが、それ以外は比較的少ない。だが無人というわけではない。

変人扱いされる前に大人しくしておこう。

今日は、姉との約束の日。

迎えを寄越してくれるというので、約束の三十分前から待っている。

もう緊張して落ち着かない。

どうしよう。

お腹痛いって言って断っちゃう？

いや、それはないわー。

ここで断ったら、またズルズルと会わないのは目に見えている。

頑張れ私。女は度胸だって教わったじゃないか。

「ロットマン男爵令嬢ですね。私、クロイツェル伯爵家の従僕のジェンクと申します」

グッと拳を握った私に迎えの人が話しかけてくれる。

ああ、やっぱりトイレに行っておけばよかった……。

引きつりそうな笑顔で返事をして、伯爵家の従僕が勧めるままに馬車に乗り込んだ。

出荷される家畜ってこんな気持ちなのかもしれない。

流れる景色を見ながら、ため息が出た。

あぁ、王宮が遠ざかる。


程よい揺れに身を任せ、走ること数十分。

馬車の窓から見えたクロイツェル伯爵家は大きなお屋敷だった。

王都でこれだけの規模のお屋敷を構えるんだから伯爵クラスでもけっこう裕福な部類に入る。

しがない男爵の娘にしては破格な嫁入り先だ。相手があの伯爵じゃなければ、私だって少しは祝福できたと思う。

……たぶん。

出会いからして最低最悪で、その後も印象はすこぶる悪い。たぶん今後上昇することはないだろう。

そんな奴の住処《すみか》に行くのは腹が立つが、姉に会うためである。大人な私が多少は我慢してやろう。

プレゼントに護身用の小剣を購入してから、私の気持ちもちょっと落ち着いた。姉の攻撃力と防御力が上がるからか。何かあっても身は守れるだろう。

これを機に姉に会うことも増えるのだから、奴との遭遇は時間の問題だろう。

ここはひとつ！　私が大人になって表面上は穏やかに付き合っていくのがいいんじゃないかと思ったのだ。

姉と円満離婚してくれるのが一番なんだけど、いい方法が思いつかない。浮気のひとつでもしてくれれば簡単じゃないかと思うんだけどなぁ。

噂での溺愛っぷりを聞く限り、その辺は望み薄だ。

仕方ない。本音は隠して表面上は穏やかに接してやろう。

この二年で培った侍女能力を存分に発揮してやろうじゃないか。

でも、すぐには無理だから。対面は次の次の次くらいにしたい。

伯爵家に到着したら、玄関ホールに懐かしい姉の姿があった。わざわざ出迎えに来てくれたらしい。

不覚にもグッと込み上げるものがあって思わず唇を噛んで耐えた。ひと呼吸ついてから、笑顔で挨拶をする。

「クロイツェル伯爵夫人。本日はお招きありがとうございます」

「ようこそ。ようやくお招きできて嬉しいわ」

互いに他所《よそ》行きの態度に顔を見合わせて笑ってしまう。

途端に空気が変わった。

凛とした伯爵夫人から慣れ親しんだ姉になり、さっきまでの緊張が霧散していった。

姉自ら案内してくれたのは、中庭の見える部屋だった。

庭に咲く花と整えられた庭木がよく見える。

お茶の準備を済ませた侍女が出ていけば、部屋の中には私と姉だけになった。

姉は私の手を取り、相変わらず綺麗な顔で微笑んだ。

「会えて嬉しいわ。貴女ったら呼んでも来てくれないし、寂しかったのよ」

「ごめんなさい」

「許してほしかったら、これからも遊びにいらっしゃい」

「……姉さんしかいないなら、来るわ」

二回目ぐらいでは、奴に嫌味を言わない自信はない。姉にも迷惑がかかることは避けたい。

視線を逸らした私を覗き込んだ姉がくすりと笑う。

「あら、いつもみたいに呼んでくれないの？」

「だって、もう成人したし……」

「人前では仕方ないけれど、ふたりっきりの時は前みたいに呼んでほしいなぁ」

返事に困っていると、あからさまにため息を吐かれて、悲しげに目を伏せる。

「ああ。二年以上も無視された挙句にこんな些細なお願いごとさえ聞いてくれないなんて……寂しいわ」

「もう！　お姉ちゃん！」

「はぁい」

すっごいイイ笑顔で返事された。

さっきまでの儚げな麗人はどこ行った。

あきれたけど、あまりにも姉らしくて思わず笑ってしまった。姉も優しく笑いかえしてくれる。

あんなに緊張したのに、なんだか結婚前と変わらない感じがする。変なの。

ここは伯爵家で、姉は結婚して人妻になっているし、私ももう成人して働いているのに。

お姉ちゃんって呼んだらいつもみたいに「はぁい」って笑って返事をしてくれる。

それが堪らなく嬉しくて、ちょっとだけくすぐったい。

昔に戻ったみたいに、ふたりで紅茶を飲みながらあれこれ近況を話し合った。

案の定、ルカリオさんのことを誤解していた姉に懇切丁寧に誤解だと説明し、なぜかベネディクト子爵との噂まで知っていてそれも完全否定した。

アレはない。

意外と話しやすい人ではあるが、私にとっては恋愛対象外だ。

恐らく子爵にとっても論外だろう。噂があると知られたら鼻で笑われるかもしれない。

姉も「やっぱりね。アンナの好みじゃないもの」とあっさりと信じてくれた。

ちなみにその噂は、数ある子爵の噂のひとつでそんなに広まってもないらしい。助かった。

なぜ私が子爵と面識があるのを知っていたかといえば、前に肉を食べさせてくれた店にクロイツェル伯爵が偶然居合わせていたのだという。

マジか。

全然気がつかなかった。

いや、気がついたら顔をしかめかねないのでよかったかも。

他にも、このあいだ帰省した時の実家の話や、ニナ義姉さんに刺繍を教えてもらった話をした。

楽しくおしゃべりをしていたら、プレゼントの存在をすっかり忘れていた。視界の端に紙袋を捉えて、ようやく思い出した。

いやぁ、変に舞い上がっちゃって最初に渡さなきゃいけないのに忘れていたわ。

「お姉ちゃん、これプレゼント。もしもの時は遠慮なく使ってね」

「まぁ。何かしら。開けてもいい？」

「もちろん」

かなり迷った逸品なんだよ。

使うだけならシンプルな物がいいけど、美人の姉が持つならやっぱりそれなりに装飾もほしいじゃない？

だから、スズランと一角獣が彫刻されたやつにしました。

一撃必殺。切れ味も抜群なのです。

どんな反応をするのかとわくわくと見守る。

包装を丁寧に外した姉が箱を開けて、なぜか動きが一瞬止まった。

どうしたのかと思ったが、ゆっくりと剣を取り出した。

あ、もしかして見惚れちゃった？

結構緻密に彫刻されてるんだよね。綺麗でしょ。

気に入ってくれたかな。

「何かあったらそれで身を守ってね。スパッと切れる業物《わざもの》らしいから」

少し鞘から抜けばキラリと刀身が光る。

それをゆっくりと鞘にしまい剣を箱に戻すと、姉はふぅと息を吐いた。

慣れない物を持ったから緊張しちゃった？

装飾してても剣だもんね。わかるわかる。

「アンナ……。いえ、なんでもないわ。ありがとう。とても綺麗な剣ね」

「どう致しまして。何か無体なことをされそうになったら躊躇《ちゅうちょ》せずに使ってね」

「え、ええ……そうね、何かあれば、ね」

躊躇いはあるだろうが、身の危険を感じたら贈り物だからなんて気にせず使ってほしい。

そのための道具なんだから。

「これは？」

紙袋に入れてあったもうひとつの箱を取り出す。

「それは、手づくりクッキー。よかったら伯爵と一緒に食べて」

「……アンナ」

「今まで酷い態度だったから、お詫び……。でも、結婚前のことは謝らないから。私からお姉ちゃんを取って行ったんだからあのぐらい甘んじて受けるべきよ」

歩み寄ろうとする意思が伝わったのか、姉が優しく抱きしめてくれた。

「ありがとう、アンナ」

「でも、やっぱり嫌いよ。普通に接するって決めたけど、でも、嫌いだからね」

「いいわよ。それでもいいわ。ありがとう」

ふわりと香るのは、昔とは違う香水。

昔よりも質が良くて、今の姉によく似合う優しくほんのりと甘い匂い。

そんな些細な違いに泣きたくなる。

私のお姉ちゃんなのに。

私が知らないことが増えている。

側にいてくれるって言ったのに、私が一番好きって言ったのに。

「やっぱり、結婚しちゃヤダぁ～」

グッと詰まっていたものが、ぼろりと溢れ出た。

たぶん、あのプロポーズの時から溜まって詰まっていた本音。

言ったら困らせるから言えなかったけど、本当はずっと思っていた。


行かないで。

置いていかないで。


子どもみたいなわがまま。

なんて情けない。

成人したのに。

大人なのに。

だって、まだ一緒にいられると思ってた。

成人した途端に、伯爵が横からさらっていくなんて、夢にも思わなかったんだもん。

「あんな頼りない男と結婚しちゃヤダぁ」

「あらあら」

姉は泣き出した私の頭を小さい頃のように撫でてくれる。

そして、あっけらかんと笑うのだ。

「でも、もう結婚しちゃったわ」

「ヤダ、ヤダぁ。牛見て驚いて固まるし、馬糞を踏んで悲鳴あげるし、落とし穴にも簡単に引っかかるし、頭にカエルが乗ったぐらいで飛び上がるんだよ？　牛のお産なんて見たら絶対に気絶するよ？　賭けてもいい」

父の手伝いなんて絶対に無理じゃん。倒れて、おっちゃんたちに「役に立たんなぁ」って笑われてしまえ。

つらつらと伯爵への不満を吐き出していたら、顔を両手で挟まれて強制的に上げさせられた。

驚いた視線の先には聖母のように微笑む姉がいた。

「アンナ。心配してくれて嬉しいわ。でも大丈夫よ。ナシエル様は意外と頼りになるのよ」

「でも、ひょろひょろじゃん。お姉ちゃんと結婚するなら強くて逞しくて、お姉ちゃんを守ってくれて、それで、それで、お姉ちゃんだけを愛してくれる人じゃないと、ヤダよ……」

「……。ナシエル様は強い方ではないけれど、私を守ってくれるし、私だけを愛してくれているわ。だから、大丈夫よ」

姉の優しくも強い言葉に反論ができない。

認めたくなかったのに、姉が幸せそうに言うからもう何も言えなくなる。

悔しくて口を噤んだ私だったが、頰に添えられた手に力が込められ、目を見開いた。至近距離にある姉の笑顔に凄みがあり、緊張から喉を鳴らした。

「それで、落とし穴やカエルって何のことかしら？　お姉ちゃんにもわかるようにキチンと説明してちょうだい」

「あの、それは……。なんと言いますか……」

「アンナ。ちょっとそこに座りましょうか」

「……は、はい……」

やっちまった……。

姉に会うために実家を訪れた伯爵の頭の上にカエルと蛇を木の上から落としたこととか、それに驚いた伯爵が転んで馬糞を踏んで悲鳴を上げて尻餅ついたこととか、穏やかな笑顔で「それで？」とか「他には？」と聞かれれば条件反射でつらつらと他のことまで洗いざらい白状させられた。

せっかく黙ってたのに……。

「アンナ。聞いているの？」

「はい。聞いてます」

こうして、和やかな姉妹のお茶会になるはずの時間は全てお説教に費やされた。

あっという間に帰る時間になり、姉が玄関ホールまで送ってくれる。

ドキドキしながら訪問したハズなのに、このグッタリ感はなんだろう。

若干、ドキドキは残っているが種類が違う。

「アンナ」

「は、はいっ」

さっきまでの名残《なごり》か、染み付いた反射か、思わず姿勢を正してしまう。

「頂いたクッキー、妙な色だったけれど何が入っているの？」

あ、そっちね。

よかった。まだ何か言われるのかと身構えちゃった。

「えっとね、育毛に良いっていう豚のレバーと海藻の粉末。でもそれだけじゃおいしくないから隠し味に蜂蜜を入れてみたの」

今までのお詫びも込めて、髪の毛にいい物を入れるなんて私ったら気遣い屋さん。

牧場のおっちゃん曰く「金髪は薄くなりやすい」らしいからね。

ちゃんと医局の医者に聞いたんだよ。薄毛に悩む人って多いらしい。

焼き上がりはちょっとモアッと変な匂いがしたけど、気のせい気のせい。だって砂糖も蜂蜜も入れたんだから甘くておいしいはず。

食べてないけど。

だって私は薄くないから。

「なぜそんなにも毛髪の心配をされているのかしら……」

「あ、お姉ちゃんもよかったら食べてね」

「…………。ええ。ありがとう」

姉の呟きは聞こえなかったが、髪の毛に良いなら姉の髪も艶々になるんじゃないだろうか。

今度はもう少し数を作って持ってこようかな。

次は何を入れようかと悩んでいると姉が酷く真面目な顔で私の両肩をガシッと掴んだ。

「次は私が作ったものを食べてほしいわ」

「え？　本当？　嬉しいっ」

「次回は絶対に手ぶらで来て頂戴ね」

姉のお願いに全力で肯く。

結婚前はたまに作ってくれてたんだよね。

特にタルトとかパイとかおいしかった！

やったー！　楽しみ！

浮かれた気分で行きと同じ馬車へと向かう。

姉も馬車まで見送りに来てくれて、軽く抱擁《ほうよう》を交わした。

「また遊びに来てね」

「うん。また来るわ」

「言い忘れてたわ。アンナ、来年には叔母さんよ」

離れ間際に姉が耳もとで囁いた。

へ？

内容が理解できずに惚《ほう》けていた私は、従僕のジェンクに促されて馬車へと乗せられる。

パタンとドアが閉まり、馬車が動きだす。

「いつでも遊びに来てね」

過ぎ去る屋敷と姉の声に、馬車の窓を押し下げて少し顔を出すと、まだ膨らんでないお腹を愛おしそうに手を当てた姉が光り輝かんばかりに笑顔で手を振っていた。

「うっそぉぉおおおおおおっ⁉」


拝啓。来年生まれてくる姉の赤ちゃん。

どうか、どうか、母親似で生まれてください。

父親似でも……嫌では、いや、嫌に近いけど、君に罪はないからいいけど、でも、でも、できたら母親似で、母親似で、お願いします。


ああ、やっぱり伯爵なんて嫌いだっ。

◆　◆　◆　◆

二年ぶりに姉と対面した翌日の朝。

目覚めた私は布団に包《くる》まって悶絶していた。

うわぁぁぁぁ。恥ずかしい。

なんだ、お嫁に行っちゃヤダって子どもか。十八にもなってんのに子どもかっ！

久々に姉に会って、幼児退行でもしたっていうのか。

泣いて駄々こねるとか、成人した淑女のすることじゃないわ。

ぐわあぁぁぁぁ。誰か過去を消してくれ。

穴があったら入りたい。むしろ自分で掘ろう。

中に入って反省したら過去が消えないものか。

消えないか。消えないよね。

埋まり損じゃん。掘る労力も無駄じゃん。

よし、忘れよう。

そんで、次会う時は何食わぬ顔でやり過ごそう。

どうせ姉しか見てなかったはず。

昔のアレコレ知ってる姉なら気にしないだろう。……いや、わざと掘り返して精神的ダメージを食らわしてきそうだ。

過去のアレコレは子ども時代だけど、昨日のは大人の私の振る舞いだよ。

うわあぁぁぁ。やっちまったぁ。

穴ではなく布団の中に埋まってみる。

程よい弾力と暖かさが気持ちいい。

ヤバい。寝ちゃいそう……。

意識が落ちかけた時、窓の外からフシャアァ！　という猫の威嚇《いかく》する声で目を覚ました。

本物のキャットファイトか……平和だなぁ。

抱えていた枕を所定の位置に置いてポンと叩く。

落ち着け、忘れろ、もうこれ以上考えちゃいけない。

すーふーと深呼吸をして、ようやく着替える。

早く着替えて朝ご飯食べに行こう。

空腹だから碌な思考にならないんだ。

そうは思いながらも、支度をしながらうっかり昨日のことを思い出して部屋の壁に頭をぶつけた。

まさか、過去の悪戯を白状する日が来るとは思ってもみなかった。

笑顔の姉の圧力に負けて、洗いざらい吐かされた。

デビューしたての妹の可愛い悪戯じゃないか。笑って水に流してほしかった。

伯爵の紅茶に大量の酢を入れたことは、姉にも兄にも怒られたし、珍しく父さんにまで説教された。食べ物を粗末にしちゃダメだと。

……うん。父さんの説教はちょっと的が外れてたわ。

苦い薬草を粉末にして伯爵の食事に振りかけたら、それもバレて兄たちに説教を食らった。

落とし穴は途中で飽きたから足首ぐらいの深さしかなかったし、けっこうわかりやすく土が盛り上がっていたのに、まさか引っかかるなんて思わないじゃない。あれは転けた伯爵がマヌケなんだと思う。

私だけのせいじゃないのに、姉から延々と諭すように説教された。

正論ゆえに反論もできずに聞くことしかできない苦痛。

兄の説教はたまに聞き流すが、姉はそれを見抜くのでちゃんと聞く。バレたら後が怖い。

マナーを一からやり直しとか言われなくてよかった。だが、もう一度読み直せとマナー教本を渡された。

次回の訪問でテストされるらしい。うげっ。

簡略化した薄い本でよかった。昔読まされた分厚いあの本はもう読みたくない。

か弱い私にできることは、次回の訪問を遅らせることぐらいだろう。……いや、遅くなると催促の手紙が来そうで怖い。

………とりあえず、一旦忘れよう。

夏用の制服を着て、両頬を叩いて気合いを入れる。

よし！　今日も頑張れ私！

気合いを入れてメイド仕事をこなして休憩室に戻る途中、植え込みの隙間に落ちていた手帳を見つけた。

手の平サイズの革の手帳。高級品っぽい。

装飾の少なさから、女性物だがおばちゃん年代の人が持つ感じがする。

見える場所にはイニシャルも名前もない。

少し悩んだけど、中身を確認してみた。何か落とし主の手がかりがあるかもしれないし。

落とし主に申し訳ないと思いつつ、めくった最初のページには流麗な字でこう書かれていた。

寒い冬が私の身も心も凍らせる
早く現れて私の王子様……
貴方の熱い愛で
私の凍てついた心を溶かしてほしいの
貴方の熱い愛に包まれたいの
お願いよマイスイート
私の身も心も凍ってしまう前に……

「ふぐっ」

咄嗟に閉じた口の端から空気が漏れた。ついでに腹筋にも力を入れた。

止めて、笑わせないで。お願いよマイスイート。

「んん」

ダメだ。なんかツボる。

好奇心に負けた私は震える手でもう一枚めくってみた。

恋を知らない私は氷の乙女
厚い氷に閉ざされた私の心
溶かすのは誰？
それは春の陽《ひ》だまりのような恋
それは夏の日差しのような愛
私の心に咲いた愛おしい貴方
貴方の熱い口付けを私に
貴方の激しい情熱を私に
貴方に愛されて

貴方だけの春の女神になりたいの……


「んぶっ、ぐふっ。っ〜〜」

手帳を持っていない手で口を塞いだが、溢れ出て変な音になった。

私の腹筋が大活躍。

手帳を閉じてエプロンのポケットに入れると、たまらずにその場に蹲《うずくま》る。

「〜〜!!」

地面をバンバンと叩いて笑い転げたい。お腹抱えて大笑いしたい。

ヤバい。氷の乙女に殺される。

溶ける前に私が死ぬ。止めて、腹が捩《よじ》れる。

誰よ、こんな凶器を落としたの。

初めてだわ、こんな拷問。やべぇ、死ぬ。

必死に口を塞ぐが、我慢できない笑いが体を震わす。

塞いでないと大声出しちゃいそうなんだもん。

笑いを我慢しすぎて涙まで出てきた。

「君、どこか具合が悪いのか?」

遠慮がちにかけられた声に、震えていた体がピタッと止まった。

ヤバい。人がいた。

このままじゃ、怪しい人物か病人認定される。

両手で口を覆ったまま深呼吸して息を整える。健康をアピールするためにもスッと立ち上がった。

「ご心配をおかけしました。大丈夫です」

振り向きざまに作った笑顔がピシリと固まった。

視線の先にはベネディクト子爵がいた。

今日も無駄にキラキラしい。……天気良いからなぁ。

太陽光を受ける金髪に目を細めて、少し毛量が減ってもわかりづらい色だと感心する。

最近の子爵は勘がいいのか、嫌そうに眉を顰《ひそ》めた。

「お前、また要らんことを考えただろう」

「滅相もない。将来安泰な髪の毛でよかったと安堵《あんど》しておりました」

「どういう意味だ」

「そのままでございます」

深く考えるな。減るぞ。

こんな外れにいるとは珍し……くはないか。しけ込んでたんだろうし。女連れでないことは珍しいけど。

「大丈夫か？」

「？」

向けられた言葉に首を捻る。

少し考えて、そういや蹲っていたわと納得した。

「ええ。大丈夫です。ちょっと不測の笑い案件を拾ってしまったので」

「相変わらず意味がわからん」

しまった。持病の癪《しゃく》が……っていえばよかったか。いや、癪ってなんだ。

手帳を見せてこの笑いを共有したい気持ちはあるが、流石にそれは鬼畜の所業だろう。

「まぁ、問題ないならいいが。体調が悪いなら休めよ」

私を気遣う言葉が、手帳に書かれた「王子様」という単語を思い出させて笑いがこみあげた。

咄嗟に両手で塞いだけど、無理だった。

変に息を止めたせいか咳が出て止まらなくなった。

氷の乙女。ここに、見かけだけ王子様がいるぞ。喜べマイスイート。

ヤバい。おかしな思考になった。

恐るべし氷の乙女。

「お、おい。大丈夫か⁉」

笑い死にそうだが、大丈夫。と、手を上げかければ、ふわっと体が浮いた。

ビックリして咳も笑いも引っ込んだ。

「じっとしていろ」

聞こえた声に、顔を上げると子爵の横顔が目の前にあった。

なんと横抱きされている。

「え？　え、ええ⁉　だ、大丈夫ですよ。下ろしてください」

「あれだけ咳き込んでいて何を言う。医者に診てもらえ」

「うえっ！　いや、本当に大丈夫です。ただの笑いすぎですから」

正直に話すと歩みが止まった。

眉間に皺を寄せて、胡乱な目を向けられる。

「は？」

「笑いすぎただけです」

そんなわけで下ろしてくれ。

あ？　とも聞こえる低い声の王子様は深いため息を吐き出してから下ろしてくれた。

細く見えるのに意外にも力があるもんだと感心していると、視線に気がついた子爵がふっと微笑した。

「なんだ。ようやく俺の魅力に気がついたのか」

「それはございません」

「即答するな」

　正直者で申し訳ない。

「それで。なんで笑っていたんだ？」

「ちょっと拾い物をしまして」

　ポケットからさっき拾った手帳を取り出す。

　流石に中身は見せられない。正直に言えば、中身を見せてこの笑いを共有したい。だが、晒しものにするのは落とし主に対して気が引ける。

　だって、もし知ってる人だったら困るじゃん。

　私は見ちゃったけど、まさか内容があれだなんて思うわけないじゃん。

　子爵の視線が私の手から斜め後ろ辺りに動く。つられて振り返れば、侍女長が忙《せわ》しなく周囲を見回していた。

　珍しい。

　いつも顎上げて歩いているのに。

　珍しい人を見たと思っていたら、こちらに目を止めた。正確には私の上を見た。

　振り仰いで見れば、顔と身分は申し分ない残念な女たらしがいる。

　なるほど。ヒステリックな侍女長も女らしい。

「ベネディクト子爵様。お久しぶりでございます」

まるで少女のように息を弾ませて駆け寄ってきた侍女長が笑顔で挨拶をする。なかなかお目にかかれない笑顔に私の口は開きっぱなしだ。

「お久しぶりです、カンドリー侍女長。貴女を走らせてしまったようですね。すみません」

「まぁ。お気になさらないでくださいませ。私がご挨拶をしたかっただけですもの」

「ありがとうございます。失礼。可愛らしい髪飾りが落ちそうです。付け直しても？」

子爵の言葉に侍女長は真っ赤になりながら「そんな。申し訳ないですわ」と言いながらも満更でもない様子。

子爵は慣れた手つきで、髪飾りを外すと丁寧に付け直した。

今まで何人にそうやってきたのか。

「年甲斐もなく派手な飾りなんてつけて、お恥ずかしいわ」

「そんなことはありませんよ。とてもよくお似合いです」

「まぁ、まぁ、そんな。ありがとうございます」

侍女長の顔が乙女になっとる。

うわぁ、タラシがここにいる。知ってたけど、知ってたけども、女たらしと毒牙にかかった獲物を目《ま》の当たりにした私の口はいまだに開いたままだ。

てか、置物扱いされてない？　いいけど。

「何かお探しのようでしたが、どうされたのですか？」

「まぁ、見ていらしたのですか。知人がこの辺りで手帳を落としたと言うので、探しておりましたの」

「カンドリー侍女長は高潔なだけでなくお優しいのですね」

「そんな……困っている人は放っておけませんもの」

赤く染まった頬に手を添えて甘えるように子爵を見る侍女長。これ、誰ですか。

「手帳、ですか……」

そう呟いた子爵の視線が私の手にした手帳を捉える。子爵に熱い視線を送っていた侍女長もつられてこちらを見る。

初めて私を認識したようだ。

夢見るような目が私の手の中にある手帳を見た途端、ぐわっと見開かれた。

怖っ。

「あ、あなた、それは……」

手帳を見つめたまま問いかけてきた声は掠《かす》れていた。

「先ほど、そこに落ちているのを見つけました。侍女長様のお知り合いの物ですか？」

「あ、あな、あなた。それを開けて見たんじゃないでしょうね」

さらにぐわっと見開かれた眼が怖くて、思わず首を横に振った。

「まさか。見ておりません。本当に、拾ったばかりで」

そう答えれば、あからさまにほっとした顔になる。

これは。この反応は、もしかして、いや、もしかしなくても、この手帳は侍女長の物⁉

あの乙女全開な夢見るポエムを書いたのが、まさか侍女長⁉

迫《せ》り上がった笑いを無理やり飲み込んで、そっと手帳を差し出した手は小刻みに震えてしまった。

ダメだ。本人を目の前に笑ったらダメだ。

耐えろ腹筋、固まれ表情筋。

言葉もなく差し出したそれを侍女長はさっと取り上げて、中身を素早くチェックした。

「確かに。わた……知人の物のようです」

今、私のって言いかけたよね。

手帳を大事そうに懐に仕舞い込む姿にいつもの横柄さはない。

「無事に見つかってよかったですね。彼女のおかげだ」

子爵がことさら明るく話しかけてきた。

はっと表情を改めた侍女長は、笑顔で子爵に話しかけた後、私にもお礼を言った。

あの侍女長が、一介の下っ端侍女の私にお礼を言った。

明日は雨か雪か。

思わず空を見上げてしまった。

「それでは」と名残惜しそうに去っていく侍女長の背中に思わず「嘘でしょマイスイート」と呟いた。

聞こえてなくてよかった。

「それで？　笑いすぎの原因は、もしかしてあの手帳か？」

「え？　え、え？　えっと、黙秘で」

「それ、白状しているのと一緒だぞ」

なんてこった。

だが、中身をバラさなければ大丈夫だろう。

「内容は言えませんが、抱腹絶倒は間違いないと断言しましょう」

「余計気になるだろうが」

えー。だって他にどう言えばいいのかわからないんだもん。

「仲良くなって見せてもらったらいいじゃないですか」

「……抱腹絶倒なんだろ？」

「少なくとも、私は」

「笑ったら失礼だろう」

真面目な返答が意外で驚いた。反面、女好きだがフェミニストな子爵らしいとも思った。

「なんだ？　惚れ直したか？」

「もとから惚れてないので大丈夫です」

この自信家なところがなければいいのに。

でも、自信家ではない子爵は子爵たりえると言えるのか。

「これは中々の難問だ」

「なんの話だ」

不思議そうに首を傾げる子爵を見上げる。

「哲学は奥が深いということです」

わかっていない様子の子爵は、そのままに歩き出す。

さて、メイド仕事をする侍女は、侍女なのかメイドなのか。これもかなりの難問だ。

◆　◆　◆　◆

今夜は夜のお茶会が開催される。

今回でひと区切りして、夏の間はお休みとなる。

そろそろ暑くなってきたから色々と限界なんだよね。鬘とかドレスとか詰め物とか。汗かくとすごいことになるから。

そんなわけで、今日はクリフォード侯爵家が持つ王都にある別邸での開催です。

さすがクリフォード侯爵家。王都に別邸があるだけでもすごいのに、王領の森林地区に隣接しているというから驚きだ。

金持ちー。

こんなことでもなければ訪れることもない豪邸に口が半開きになった。

建物もすごいけど、庭もすごい。なんか色々すごい。

ごめん、表現力も語彙《ごい》力も死んでる。

なんて表現したらいいのやら。落ち着いた中にも品があり重厚感のある建物っていうのかな。煌びやかじゃないのに高そうな感じです。

ダメだ。変なグルメ解説者みたいになる。

王宮や離宮のほうが敷地も建物も豪華で煌びやかだけど、あれは国の持ち物なんだからすごいのは当たり前。威信がかかってるもんね。

対してこちらは個人の持ち物なのに負けていないのがすごい。

上品な金持ち。このひと言に尽きる。

今回は侯爵夫人も令嬢も来ていて、明日はメイクをしてから帰ってねと言われている。アイメイクがよほどお気に召したらしい。

侯爵家の侍女さんたちが毎回食い入るように見るので、次回からは私は必要ないかもしれない。彼女たちは恐ろしいほどに勤勉だ。

負けてられないよね。

もっと勉強して腕を磨かないと。

頑張るぞっ。

明日は休みじゃないんだけど、侯爵依頼の仕事なので出張扱いになるらしい。前に侍女長には話を通しているので心配は要らないんだけど、最近気になることがあって素直に喜べないというか、なんというか。うーん。

「悩み事ですか?」

ルカリオさんの声にはっと意識を戻す。

しまった。

ベースを塗りながら考え事をしてしまったが、ちゃんとカバー色まで塗り終えてる。無意識に手が動いてるって我ながらすごいな。

「失礼しました。少し考え事をしてしまいました」

「アンナさんがぼうっとするなんて珍しいですね」

ルカリオさんが、くくっと目を細めて笑う。

まだベースを作っている途中なので、イケメンの爽やか笑顔が眩しい。

ルカリオさんとは、あの夜会以降仲良くさせてもらっている。と、いっても会えば挨拶するぐらい。気安く話しかけてくれるので、彼の中では仲の良い友達と認識されているのかもしれない。

「ちょっと忙しくしていたので、気が抜けていたかもしれません」

最近ね、悩み事というか、ちょっと仕事でもやっとすることが増えたんだよね。

例えばこの前の温室みたいな、え？　ここをひとりで？　って感じのことが増えたんだよね。

掃除場所に行ったら一緒のはずの人がいなかったり、遅れてきたりする。後で聞いたら場所を間違えていたとか直前で変更になったとか。

休憩室に行って椅子に座ったら入れ替わりに人がいなくなったり、ぼそっと悪態つかれたり。

勘違いかもしれないし、でも何か引っかかるような、なんていうのかな、違和感？　疎外感？

それに侍女仕事の時もなんだか変な仕事を振られたり。

声高に言うほどじゃない。でも、なんか気持ち悪いんだよね。もやっとする。

私、なんかしたかなぁ。

おっと、いかん。仕事中だ。

眉を描いて、アイラインをちょっと太めに引く。今回はドレスに合わせて美人系にしてみる。

アイシャドウで陰影をつけて目を大きく見せる。目の下にも明るい色をほんのりと乗せるだけでちょっと色っぽくなる。悪戯心が湧いて泣き黒子《ぼくろ》も描いてみた。

輪郭の部分にも影をつけてボカして輪郭を柔らかく見せる。横髪を軽く下ろして輪郭に沿わせれば完璧。

ルカリオさんの顔の形は面長《おもなが》なので頬骨より少し下にチークを入れる。

紫を少しだけ混ぜた赤の口紅を塗って、色気のある美人さんの出来上がり。

今回も満足です。

鬘の髪を整えていたら、そんな美人さんが上目遣いで見てきた。

そうか、こういう仕草に男はやられるのかもしれない。勉強になります。

活用される日がくるとは思えないのが悲しい。

「気分転換にデートをしませんか？」

「はえ？　…………えっ⁉」

あまりに予想外の言葉に妙な声が出たが、そんなことに構ってられない。

なんですと⁉

デートって、誰と誰が？

混乱して呆然と見つめ返す私に、ルカリオさんはくすりと微笑む。

「デートというのは建前で、買い物に付き合ってくれませんか？　服やアクセサリーなどを見てみたいのですが、流石に男ひとりで行くのは恥ずかしいので」

ああ、なんだ。そういうことね。

ビックリした。うっかりときめきかけたわ。

確かに、あの女性だらけの中に男ひとりは浮くし、買うのも恥ずかしいよね。

本当にハマったんだなぁ、女装。

「そういうことでしたら、喜んで」

これってデートに数えていいのかな。

いってしまえば買い物の付き添いだけど、名目はデート。

人生初デートですよ。すごいすごい。

本当は違うけど、まぁいいや。

私も新色とか見れるし、ちょっと楽しみ。

本日はお日柄も良く、絶好のデート日和《びより》となりました。

ただの買い物の付き添いだけどね。

付き添いといえども、男性とお出かけなのですよ。しかも相手はルカリオさん。

イケメンとデートとか照れますな。

買い物の内容が女装関係だけど、気にしなーい。

だが、ひとつ問題が浮上した。


何を着ていけばいいの?


自分の私服を見ながら悩むなんて初めてかもしれない。

だってね、デートですよ?

自分ひとりで行くぶらり買い物歩きとはわけが違う。女友達と行くしゃべくり買い物歩きとも違う。

デートですよ?

男の人とお出かけなんですよ?

父さんと行く家畜診察でも、兄と行く視察や買い出しともわけが違う。

いや、わかってるよ? デートって建前のお買い物ってことぐらい。

でもテンション上がるでしょ。これ上がらなきゃ女じゃないよね。

普段着てる動きやすさ重視の服じゃちょっとダメだよね。数少ないお出かけ着から選ぶしかないんだけど、これが難しい。

実際はデートではないから、あまり気合いを入れると「え？　何、気合い入れてきてんの？」とか思われたら恥ずかしいじゃない。

こう、気合いは入ってないけど、適度にお洒落な服ってないもんか。

いっそ、侍女服で行く？　いや、それはドン引きだろう。私も嫌だ。

うーん、難しいなぁ。

結局、去年買った淡いグリーンのワンピースに同色のリボンが付いた帽子にした。

……虫食いも汚れも付いてないよね。

色々とチェックしてたら時間ギリギリ。

浮かれてるなぁ。って我に返ってちょっと恥ずかしくなった。


待ち合わせは貴族街の広場にある噴水。

迎えに来てくれると言ってくれたんだけど、丁重にお断りした。

誰かに知られたら面倒くさいからね。ルカリオさんは将来性ある有望株だから、余計なやっかみを買いそうなんだもん。

定期的に貴族街を往復している馬車に乗り込む。幸い、同乗者に知り合いはおらず、ほっとした。

ドキドキワクワクしながら晴れた空を見上げた。

待ち合わせ時間の十分前には着いたのに、そこにはもうルカリオさんがいた。

はやっ。

落ち着いたグレーの上下には差し色に深緑が入っていて、とてもお似合いです。

私、この人の横歩いても大丈夫？

回れ右して帰ろうか。いや、約束しといてそれは人としてダメだろう。

躊躇っている間にルカリオさんに発見されてしまった。どう反応すればいいのか迷っているうちに、彼が近づいてきたので慌てて駆け寄った。

「申し訳ありません。お待たせしてしまいました」

「楽しみで早く着いてしまったんです。気にしないで。さあ、行きましょうか」

そう言ってすっと腕を出された。

これはいわゆるエスコート？　この腕を取れとおっしゃる？

無理無理無理無理。

夜会でもないのにその腕に手を添えろと⁉

「あの、えっと、恋人でもないのに、これはちょっと難しいと言いますか……」

「今日はデートですから難しく考えないでください。さぁ、行きましょうか」

そう言うと、右手で私の右手を取り自分の左腕に添えてしまう。

そこから手を離すのも失礼なので促されるまま歩き始めた。

一連の流れがスマートで、慣れてるんだろうと推測される。某子爵のような噂は聞かないので、ちゃんと恋愛してるんだろうな。

……相手が女性とは限らないってのが、なんともいえないけどね。

なんか歩きづらいなぁと思っていたら、左手と左足が同時に出ていた。

どんだけ緊張してんだ。

気がついて一旦立ち止まった私の横でルカリオさんが肩を震わせて笑っていた。

くぅ、恥かいた。


出だしがアレだったものの、デート（笑）は順調に進んだ。

まずは近くの雑貨店に入った。

鏡やブラシの他にオルゴールや小物ケースなどたくさんあって玩具箱みたい。

「これ、同じですね」

ルカリオさんが指し示したのは、ボンボニエールだった。

それは私が持っているのと同じ物だ。

「初めてアンナさんに会った時にもらった飴を入れていた缶です」

「よく覚えてましたね」

「覚えてますよ。とても嬉しかったので」

嬉しそうに微笑んでくれるので、私も嬉しくなる。

当時はそこまで親身になって対応したわけじゃないので心苦しいが、嘘でもないのでよしとしよう。

特に必要な物はなかったが、綺麗なレターセットがあったので購入した。

「綺麗ですね」

「ええ。姉に送ろうと思って」

「よければ私にも手紙をくれますか?」

ルカリオさんもこのレターセットが気に入ったのだろうか。そっか、使えば残らないもんね。

「気に入ったのなら、後で二、三枚お分けしますね」

「……。ありがとうございます」

なんだろう。ちょっと間があった気がする。

何か違ったのだろうか。

笑顔だから、まぁいいか。

次に行ったのは宝飾店。店内にはカップルか夫婦しかおらず、もしや私たちもそう見られているのかもしれない。そう思った矢先に店員から「彼女さんへの贈り物ですか？」なんて聞かれた。

違うんです。ルカリオさんも「はい、そうなんです」なんて爽やかに答えるな。

恋人じゃないし、ルカリオさん用のアクセサリーを見に来たんです。……なんて言えない。

曖昧に微笑んで誤魔化す。

恋人設定のほうが自然だもんね。

「彼女と選びたいので、決まれば声をかけますね」

そう言って店員を引き剝がして、店内を見て回る。店員も慣れてるんだろう、にこにこと見送ってくれる。微笑ましいものを見る目は止めてほしい。

違うから。と言いたくなる。

店内には、夏らしく涼しげな色ガラスを使った安価な物から宝石を使った高価な物まで置いてある。

アレもコレも素敵だ綺麗だと話が盛り上がる。

気分的には女友達とのショッピングだ。

緑と水色のガラスを集めた髪留めが目に留まる。ぶら下がった涙型のガラスがゆらゆら揺れて可愛い。

「夏らしくて可愛いですね」

「そうですね」

でも、ルカリオさんにはちょっと可愛すぎるかも。

自分用に買おうかと迷っていたら、ルカリオさんが店員を呼んで購入すると伝えた。

気に入ったのかな。次は可愛くしたいのかもしれない。

でも次回のお茶会は夏の終わりだから、あれは合わない。

個人で楽しむのかもしれない。倶楽部以外でも楽しんでる人も多いしね。

会計をしているカウンター横にガラスの展示ケースがあった。中には豪華な首飾りが飾られている。

視線に気がついた店員の説明によると、国王が成婚二十年を記念して王妃に贈った首飾りのレプリカだそうだ。

大きなピンクダイヤをイエローダイヤで囲い、小さなダイヤと珍しいピンクサファイアを散りばめた首飾りは豪華で可愛らしい。

もちろん店にあるのは色ガラスで作ったレプリカだが、これでもかなりのお値段がするそうだ。

「国王陛下の愛情の深さを感じさせられますね。さすが真実の愛で結ばれたおふたりです」

しみじみと語る店員さんには悪いが、愛情があるかどうかさえ怪しい。お店的には宣伝にもなるしウハウハだったことだろう。

逆立ちしても贈られることがない妬《ねた》みや嫉《そね》みといってしまえばそれまでだけどね。

いろんな思惑《おもわく》は抜きにしても、首飾りはとても素敵。

ピンクが多いのがアレだけどね。見た目も可愛く作られているし、既婚女性に贈るには可愛すぎない？

自分の奥さんに贈るんだから、別にいいけどさ。

国王のセンスというか、願望が透けて見えるような……。そういや愛人も童顔だったわ。

ロリ……いやいや、不敬、不敬。

やだ、うちの国王って犯罪者みたいじゃん。キモっ。

店を出るとさっき買った包みを手渡された。

「プレゼントです」

「え？　あ、いえ、もらえません」

返そうとすると包みごと両手で手を包み込まれて心臓が跳ねた。

「アンナさんに似合うと思ったんです」

にっこりと微笑まれればそれ以上言えず、かろうじてお礼を伝えた。小さくなった声だがちゃんと伝わったみたいだった。

うぅ、顔が熱い。

くそぅ、このイケメンめ。


次に訪れたソレイユ商会の化粧品売り場では楽しさに我を忘れそうになった。

さっきまでの微妙な照れ臭さなど吹き飛んだ。

夏も盛りだが、流行の先端をいくソレイユ商会では既に秋物が出ている。

赤色も緑色も黄色も深みがある落ち着いた色でどれも秋らしい。

「この秋の新色綺麗ですね」

「いい色ですね」

「どれが好みですか?」

「コレとか、こっちも好きです」

他人から見れば彼女が彼氏にプレゼントを強請《ねだ》っているようにも見えるが、実際は彼氏(建前)が使う物を選んでるんだよ。

ルカリオさん曰く、秋にクリフォード侯爵の主催で数人でのお茶会が開かれる予定らしい。

たぶんお声がかかるだろうと言うので、秋の新色を仕入れることにしました。

つまり、ルカリオさんやおじさま方用である。

ウキウキで商品を選んでいたら、ショーケースの中で一際目立っている物があった。

それは、片手に乗るほどの大きさで、丸みのある楕円の形をした箱だった。全面に金の装飾があり、金の猫足が付いた豪華な物だ。

「これはなんですか？」

気になって店員に話しかけると、にこやかに説明してくれた。

宝石粉というこの商品は、売り物にならない小さな屑石を細かく粉のようにした物で、仕上げに肌にはたけば煌めいて見えるという物。ブラシに乗せられるキメの細かさと宝石らしい煌めきは、確かに魅惑の商品だ。

ただ、お高い。

原料が宝石なだけあって、ファンデーションなどより五倍近いお値段。

買えなくはない。購入予定の物を半分諦めたら買える。他のメイク道具を諦めるかと問われれば迷うところだ。……迷うってことは縁がなかったってことだ。

今回は潔く諦めよう。

払ってくれるというルカリオさんを押しきり、お会計を済ませて店を出る。

ルカリオさん専用なら遠慮なく払ってもらうが、生憎と他の人にも使う仕事用なのでそこは申し訳ないが引いてもらった。

それに支度金込みで副業代を頂いているので、仕事用を奢られると罪悪感あるんだよね。

うん。ここは譲れません。


その後は他の店を覗きつつ、今はお昼ご飯を食べにカフェに来ている。

最近評判のお店らしい。

小洒落た店とか行かないから知らなかったよ。

「よく利用されるのですか？」

「カフェはよく利用しますが、ここは初めてです。同僚に聞いていたので一度来てみたかったんです」

ちょっと照れながら話すルカリオさんをうっかり可愛いと思ってしまった。

イケメンで可愛いとか、どの層でも狙えそうですごい。

雑談をしていたら注文した食事が運ばれてきた。

ルカリオさんに勧められるままに頼んだランチプレート。

具だくさんのスープとバゲットに野菜のパテ、彩り野菜のサラダに添えられたチキンの香草焼き。

見た目も華やか。

味もおいしかった。

食後に出てきたパウンドケーキも紅茶もおいしかった。

付き合ってくれたお礼に奢ってくれると言うので、これは遠慮なくご馳走《ちそう》になった。

だから、余計に、言えない。


ガッツリ肉が食べたかった。


なんて。

言えない。かろうじて存在する乙女心が口を塞ぐ。

サラダの添え物のようなチキンでは物足りない。せめて牛肉……いや豚でもいい。焼き立てジューシーな塊が食べたい。

なんなら、下町の出店にある串焼きを食べに行きたいなんて言えやしない。

デートって気を遣うものなんだね。知らなかった。


昼からは事前にルカリオさんが予約していたアトリエ『ダラパール』にやってきた。

ここは『美魔女作成隊』のジュディちゃんとロッティちゃんが働いている仕立て屋さん。

噂には聞いていたが店舗を訪れるのは初めてだ。

なんかもうここだけ異空間というか周囲から浮いている。だから、大通りから少し離れているのかと納得してしまった。

サーモンピンクの壁には同色の波がうねった装飾がされている。そのうねりを活かしてひと筆書きのように店名が浮き出てるんだけど、これ一見しただけでは読めないと思う。

腕の形にも見える取手を持ってルカリオさんがドアを開けてくれた。

前衛的な外観と違い、店内は明るくスッキリと落ち着いた雰囲気だった。

テーブルセットや柱が流線を描いているぐらいだが、控えめなのでそんなに気にならない。

左端にある螺旋《らせん》階段の手すり部分には薔薇の蔦《つた》が絡まったような装飾がある。ところどころに咲く薔薇を見ると花弁の隙間が埋まっていて掃除が楽そうだなと思った。

「いらっしゃいませ、ガルシアン様」

奥からやってきたのは薄紫のワンピースを着たロッティちゃんだった。右肩にある柔らかな布のふんわりとしたリボンが可愛い。

見知った顔に嬉しくなってルカリオさんの後ろから手を振ったら、ぐわっと目を見開いてあっという間に距離を詰められた。

ロッティちゃんは私の両肩をガシッと掴み、真顔で顔を突き合わせてくる。

近いし、怖い。ちょっと離れよう!!

「アンナっ。去年の型落ちでうちの店に来るとはいい度胸じゃないの」

「うわ。速攻でバレた」

「当たり前でしょ。流行の先端を切り拓《ひら》く先生の自称一番弟子なのよ！　ひと目見ればわかるわよっ」

「さすがロッティちゃん。ひゅーひゅー、すごぉい」

「誤魔化してんじゃねぇぞ。ちょっと来い。ひん剝いてやる」

襟首《えりくび》を掴まれて文字通り引き摺《ず》られて行く。

猫じゃないんだからやめて。人間扱いして。

「まっ、待とう！　今日は客だから。ねぇってば」

「ガルシアン様。少しの間、この子をお借りしますわ。ジュディ、ご案内して」

逃げようとする私の耳元で「この場でひん剝かれてぇか」と低い声でロッティちゃんに脅され、抵抗をやめた。

男が出てるよ、ロッティちゃん。怖くて指摘できないけど。

「先に行ってるから、頑張って」

やってきたジュディちゃんに先導されたルカリオさんは、殺伐《さつばつ》とした雰囲気をまったく感じていないのか、穏やかに微笑んで二階へ行ってしまった。

くそぅ、この薄情者め。

一階の奥にある小部屋で文字通りひん剝かれた私は、ロッティちゃん見立てのワンピース

ど。

「本当に残念な胸よね。ちゃんと育ててもらいなさいよ」と余計なひと言をもらったけれを着ている。

悲しいことに育ててもらう相手なんていませんよ。ふーんだ。

水色をベースに薄紫の飾りが散りばめられたちょっと大人っぽいワンピース。

袖《そで》の部分がレースになっていて、ウエストの斜め前に上品なリボンがある。スカートの裾もレースがあって軽やかに見える。

「今年の夏はリボンよ。それも大人可愛いリボン。たくさんはダメ。シンプルで可愛くよ」

洋服大好きなロッティちゃんは着せながらも説明が止まらない。

着替え終われば流れるように鏡台の前に座らされた。あっという間にデコルテに布をかけられて化粧を落とされる。

「流行は生き物よ。生きてるの！　去年の服をそのまま着るなんてあり得ないわ。買い換えなくても手直しできるでしょう⁉　あんたもチームの一員なら流行に敏感になんなさい。女って性別に胡座かいてサボってちゃダメなのよっ」

「別に胡座かいてないもん。手直しする暇がなかっただけだもん」

「もん♪じゃねぇよ。アンナのくせに可愛こぶんな。時間なんざ作るもんなんだよ」

ご高説はごもっともだが、刺繍したり姉のとこに行ったり忙しかったんだい。という言い訳は命が惜しいので飲み込んだ。

だからコメカミをグリグリしないで。痛い痛い痛い。

「なんでガルシアン様といるのか知らないけど、仮にもいい男と出かけるのに化粧に手を抜かないの。髪型もいつも通りとか舐めてんの？　女辞めてんの？」

どこかで似た言葉を聞いた気がする。

すみません。女辞めてません。

「だって変に気合いが入ってるほうが恥ずかしくない？」

「はぁ⁉　馬鹿？　馬鹿なの？　馬鹿なのね。どんな状態だろうと異性と出かけるのに手を抜くなんてあり得ないわ。相手を惚れさせる勢いで気合い入れていきなさいっ」

言葉は荒めなのに髪を解いて櫛《くし》で梳《す》く手つきは優しい。

なるほど。肉食女子たちが毎度あんなにギラギラしている理由がなんとなくわかった気がする。

たぶん私には無理だ。

「今年の夏は大人可愛くがコンセプトよ。あら、編み込んでたせいでゆるく跡がついていいわね。ハーフアップにしちゃいましょう。髪留め貸してあげる」

「あ、髪留めならさっき買ったのがあるよ」

買ってもらった髪留めを見せると、色合いも良いからと使ってくれた。

側面の髪を取り、ふた束に分けてくるくると巻いて後ろで留められる。巻いた部分から髪を少しずつ引き出せば遊びが出て、自然な感じがする。

「ほら。髪型変えるだけでも違うでしょ？　いっつも編み込んで纏めてるんだからこんな時ぐらいふわっとさせなさいよ。若さを前面に出すのよ！　年取ったら可愛い髪型なんてしづらくなるんだからね」

「はぁい」

「気ぃ抜けた返事すんじゃねぇよ。犯すぞ」

耳元で低い声で囁かれたあげく、ふぅと息を吹きかけられて、耳からぞわっとしたものが全身に広がった。

咄嗟に、左耳を手で塞いでロッティちゃんを振り向く。

はらりと落ちた横髪を耳にかける仕草はドキッとするぐらい色っぽく、楽しそうに細められた目は正《まさ》に小悪魔的で可愛い。口から出た台詞がなければ、だが。

「ロ、ロロロロロッティちゃんは、お女の子なんだよねっ」

「はぁ？」

何言ってんの？　って顔してるけど、こっちが聞きたいよ。

なんでさっきからちょくちょく男っぽいの。

「見かけは女の子だけど心はちゃんと男性よ。女装は趣味だから安心してね」

まったくもって安心できない言葉ですが？

何？　どゆこと。

つまりロッティちゃんの心は男なの？　美少女な見た目なのに？

混乱する私の肩に手を添えて椅子に座り直される。そのまま化粧水を満遍なく叩かれ、基礎メイクをされていく。

「ほら、私って可愛いじゃない？　その辺の女には負けないぐらいの美少女でしょ。なのに華が少ない男装なんてもったいないわよ。人類の損失よ。そう思わない？　思うでしょ。はい。目を閉じて。世界の美のためにも、私は女装して美しく装っているの。美しければ男装でも全然問題ないけれど、生憎と私のこの美貌に見合うだけの衣装が少ないのよね。そうなると自然と女装が多くなるのよ。はい、目を開けて、上見て。可憐で可愛くて女神な私が美しい所作を身に付けたらもう完璧でしょ。最強よね。女装でも男装でも天使で女神な私の美貌ってば罪作りだと思わない？　思うわよね。当然よね。あ、女の子も抱けるけど、男の子もイケるわよ？　あくまでも抱くほうね。抱かれる趣味はないから。そこ間違えないでね。ほら、開いた口閉じて。これ噛んで。処女とか面倒くさいから抱かないけど、アンナならもらってあげるわよ？　捨てたくなったら声かけなさいね。ない胸でも気持ちよくさせてあげられるから。はい、完成」

流れる水のように止まることのないロッティちゃんの話に、口を挟む余裕もない。

フルメイクが完成するまでにロッティちゃん情報がすごい勢いで更新された気がする。情報過多で思考が追いつきません。ところどころ不穏というか失礼な言葉があった気がする。ロッティちゃんとそういう関係になったら、見かけは女性同士で中身は男女になるのか。

ロッティちゃんが男で私が女だから別に問題ないのか？

それ以前に自分より美人なロッティちゃんとするのはちょっと精神的に無理じゃない？というか、下着からダメ出しされて美容講座が始まりそうな気がする。気じゃない、たぶんそうなる。断言してもいい。

とりあえず、聞かなかったことにしよう。心の平穏のためにもそれがいい。

改めて鏡の中の自分を見る。

ふわりとした髪型は可愛く、お化粧は落ち着いた色合いだがチークと口紅でほんのり甘めになっている。

頬にそっと触れてみる。

「これが、私？」

「……一度言ってみたかったんでしょ」

「わかる？　やっぱりお約束だよね」

あきれた目で見られたが、やっぱりここは外せないよね。

ふたりで顔を見合わせてケラケラと笑った。

いやー、おじさまの気持ちがちょっとわかったような気がするわ。

人にやってもらうとまた違うよね。

目元なんてキラキラと……。

「ええっ⁉　ロッティちゃん！　これ、ここ！　このキラキラ。まさか宝石粉⁉」

目尻にあるキラキラはまさかの宝石粉⁉

ソレイユ商会で購入を諦めたアレだよね。

驚く私を見て、ロッティちゃんは鏡越しにニンマリと笑った。

「いいでしょ。私の信奉者からの貢物。でもコレ、宝石粉じゃないんだなぁ」

「うっそぉ！　どう見ても宝石粉だよ」

「実はね、シベルタ帝国で最近発売された魔法粉っていうの。原料が帝国内にある鉱石なのよ。大量に採れるし、脆《もろ》くて割れやすいから加工もしやすいんですって」

あー、なるほど。だから宝石粉よりも色みが少ないんだ。でもキラキラ感はあるし、宝石粉より細かい。

代用品としては十分だよ。

「でも、帝国産ならお高いんじゃない？」

「そこがネックなのよね。それでも宝石粉の四分の一の値段なのよ」

「安っ。いいなー、欲しい」

最近ということはまだ流通して間もないのかもしれない。ソレイユ商会では見なかったもの。まだ時期を見てるとか？　でもあそこは高品質が売りだから扱わないかも。

でもいいな。これ欲しいな。

帝国産。

流通。

関税。

外交問題。

いるじゃん！　適任者が！


ロッティちゃんに変身させられた私は逸《はや》る気持ちを抑えつつ二階へと急いだ。

二階の一室をロッティちゃんがノックして扉を開けてくれたので続いて入室する。

目的の人物は高そうなソファに座って優雅に紅茶を飲んでいた。その顔がこちらを向いてふわりと微笑む。

「髪型も変えたんですね。とても似合って……」

「ルカリオ様っ。お願いがあります！」

ルカリオさんの言葉を遮った気もするが、そんなのを気にしてられないぐらいに最重要案件を伝えたかった。

よく見えるように両手を突き出して手の平に乗る小さな容器を見せる。

「これ。この魔法粉って商品なんですが、シベルタ帝国から輸入できませんか⁉」

ロッティちゃんから借りた商品を見せながら、これがいかに魅力的で素晴らしい物かを口早に説明する。

さっき試した限り口紅やチーク等とも馴染みがよかった。白粉《おしろい》に混ぜて薄くデコルテとかに塗ったら綺麗じゃない？

試してみたいことがたくさんある。楽しそう！

「アンナさん。話はわかりましたから、落ち着いて」

差し出していた両手がルカリオさんの両手で包まれた。

あ、意外と手が大きい。

やっぱり男の人なんだなぁ。ほっそりと見えても節はあるし骨張ってる。

そういえば、女装の時の手袋も特注なんだろうか。たまに腕の毛が剛毛で白手袋から薄ら透けて見える人がいたが、あれは剃るわけにもいかないから悩むとこだよね。

筋肉と毛は男の悩み。いや、毛の悩みは共通か。

「確かに、よい商品のようですね。上司にちゃんと奏上しますので安心してください。ですが、監査等をきちんとしなければならないので、すぐにというわけにはいかないとは思います。すみません」

「いえ、はい……」

思考が別方向に流れたせいで冷静になれた。

けっこう失礼な言動をしたのに咎めないルカリオさんって懐が深い。いい人だなぁ。

「ありがとうございます。今さらですが、失礼な態度をお許しください」

営業スマイルを浮かべ、そっと手を離して一歩離れるように距離を取る。

ヤバいヤバい。距離が近かった。

静かに怒る姉の顔が浮かんだわ。淑女、淑女っと。

おほほほと笑いつつ、借りていた魔法粉をロッティちゃんに返す。

「この恋愛音痴が」

「アンナちゃん。今度、恋愛小説貸してあげるわ」

なぜかロッティちゃんに舌打ちされ、ジュディちゃんから残念そうな目をされた。

特に興味ないからいいよ？　と返すとふたりして深々とため息を吐く。

なんだ。言いたいことあるんなら言ってくんないかな。

遅ればせながら、ソファの向かいに座るダラパール氏に不作法を詫びて挨拶をする。

気にしないと闊達《かったつ》に笑ったダラパールさんは、特徴的な細く長い鼻髭を生やした痩せた中年だったが、活き活きとした目がなんだか少年のようでもあった。

鼻の下にある特徴的な髭は細く、毛先がくるりと円を描いている。癖なのか話す度に口端辺りから毛先へと指を滑らせていた。

伸ばして全長を測りたいのは私だけだろうか。

後でルカリオさんにも聞いてみたい。

薦められるままにソファに座ったが、なぜにルカリオさんのすぐ横に座らされているんだろう。

距離近くない？　体温を感じる距離って近くない？

あ、でもデート（仮）だから、いいのか。

さっきのルカリオさんの温かかった手を思い出して、自分の手を握ったり開いたりしてみる。

男の人だから当たり前なんだけど、大きさとか全然違うね。

そういえば、ロッティちゃんもジュディちゃんも性別は男の人なんだよね。

でも、ルカリオさんとふたりは何かが違う気がするけれど、それがなんなのかはわからなかった。

ルカリオさんの用件は、秋用のドレスの発注だった。

ダラパールさんは女装に理解があるので、キチンと男性の体に合わせて作ってくれる。もちろん、普段は女性用のドレスや男性用のフォーマル服もデザインしている。

女装倶楽部の会員の半数がダラパールさんのドレスを愛用しているらしい。

クリフォード侯爵とも懇意で、今回は侯爵様の紹介なんだって。

部屋に置かれたトルソーには三着の新作ドレスが着せられていた。

右は、濃いベージュの生地のドレス。スカートにはたっぷりとしたドレープの下から濃い茶や赤茶のフリルが見え隠れし、色づいた秋の葉のように見える。

真ん中は、晩秋の夕暮れのような赤から紫のグラデーションのドレス。デコルテや腕の部分が黒に近い紫色の豪華なレースになっている。

左は、夜空のような光沢のある藍色のドレス。左肩に真珠色の布で作られた大輪の花がありまるで満月のようだった。さらに星のような小さな花弁が腰までを彩っている。

これらをもとにして、お客の要望を聞きつつ改良していくらしい。

どのドレスも形が新しく派手だが品がある。

ダラパール氏のドレスは新し物好きの若い世代にウケが良いが、保守派なおばちゃん世代には顔をしかめる人もいる。

夜のお茶会には変身願望のある男性しかいないので安心して冒険できるのだろう。

ルカリオさんならベージュのドレスが似合いそう。でも、藍色も捨てがたい。

だとしたらどんなメイクが良いだろう。今日買った秋の新色が似合いそうだなぁ。

そんなことを考えながらドレスをじっくりと眺めていたら、横から声をかけられた。

「――。アンナさんお願いできますか？」

「え？　はい」

反射的に答えたら「ありがとう」と良い笑顔でお礼を言われた。

やべ。聞いてなかった。

なんの話か聞こうとしたら、右手をジュディちゃんに掴まれた。引かれるまま立ち上がれば、そのまま更衣室に連れて行かれる。

「え？　なに？　何？」

「やっぱり聞いてなかったわね。試着よ、試着」

なぜに試着？　と首をひねる。

普通、トルソーだけじゃわかりづらいところがあるから着て確かめるらしい。生憎と今日のルカリオさんは男装なので私が頼まれていたそうだ。

なるほど。聞き逃したのはそれか。

「でも、私じゃ身長が違うよ」

「大丈夫よ。ヒールの高い靴があるから。なんなら踏み台持ってこようか？」

そこまで低くないやい。

「でも、ほら、私女の子だし？」

「問題ないわ。似たような絶壁じゃないの」

似てないもん。男の人に比べればちゃんとあるもん！　……でも、筋肉美に取り憑かれたムキムキマッチョとはいい勝負かもしれない。

負けてない。負けてないんだからっ。


色々と思うところはあれど、試着はとても楽しかったです。新作ドレスなんて着る機会なんて滅多にないしね。靴の上げ底が高いのだけが怖かったぐらいだ。

ちなみに詰め物はしてない。


試着や着替えをしている間にドレスの注文は終わったようだ。

試着室から出ると、デザイン画を抱えたダラパールさんが早速仕事にかかるために退室するところだった。

「先生は仕事中毒なのよ」とジュディちゃんが苦笑いしていた。

同じ仕事中毒の疑いがあるロッティちゃんから「お疲れ」と出されたお茶とお菓子はおいしくて、色々と疲弊した心に染みた。

注文したドレスの話をして、帰ることになった時、鏡に映った自分が目に入り慌てた。

「ロッティちゃん、これ、このワンピース着替えなきゃ」

うっかり着て帰るところだった。危ない危ない。

さっきの試着の後にもとの服に着替えればよかった。二度手間じゃないか。

「いいのよ。はい」

差し出された紙袋を受け取ってみれば、私が着てきたワンピースと帽子が入れられている。

顔を上げるのと同時に頭に帽子が乗せられた。

「今日一日付き合ってくれたお礼です。その髪留めもとてもよく似合っていますよ」

ルカリオさんの爽やか笑顔が眩しい。

驚いて被せられた帽子を手に取れば、ワンピースとお揃いで作られたことがわかる。

え？　お礼ってワンピースと帽子のセット⁉

ダラパール氏の服って結構高いんだよ。

「いえ、こんな高価な物をもらえませんよ。だって私も楽しく買い物しちゃいましたから」

「気に入りませんでしたか？　とても可愛いのに」

「いえ、そういうことじゃなくて、私にはもったいないというか、分不相応というか……」

どう言えばいいんだろう。

私も楽しんだ買い物で一方的にお礼をもらうのは違う気がする。

「アンナ。そのワンピース、先生じゃなくて私の作品なのよ」

ロッティちゃんが得意げな顔で教えてくれた。

弟子の作品でそんな高い物ではないから気軽に受け取れと言われても気が引ける。でも、これを突き返すのはルカリオさんにもロッティちゃんにも失礼だろう。

「ルカリオ様、素敵なプレゼントをありがとうございます。次のお茶会ではいっそう気合いを入れて、誰よりも美しく仕上げさせていただきますので期待していてください」

同等のお返しはできない以上、技術で返すしかあるまいっ！

任せて！　誰よりも、マリアンヌ様よりも可愛く美人に仕上げてみせましょう！

決意に燃える私を見て、ロッティちゃんがあきれた目を向け、ジュディちゃんは困ったように首を振った。

？　なに？

ふたりの反応がわからない私は、声を上げずに笑っているルカリオさんに促されて店を出た。

微妙な顔だったのだろう。ルカリオさんが私の頰を手の甲でするりと撫でた。

「期待しています」

なんで頰を撫でられたのかわからん。

しかも、なんでかむずむずするというか、落ち着かない。

なんだこれ。

　このモヤッとした感情をどう聞いたらいいのかわからず、馬車乗り場まで送ってもらう。

　何度も自分の馬車で送ると言ってくれたが、伯爵家の馬車に乗って帰ったのが知られると面倒くさい気がするので丁重にお断りした。

　ルカリオさんも私と変な噂がたつのは本意ではないだろうしね。

「アンナさんとの噂なら気にしませんよ」

「そこは気にしましょう？」

　虫除けにしても相手は選ぼう？

　ルカリオさんならそれなりに選べるだろうに。

　んー。でも、女装趣味を知っている私は虫除けに適任なのかな。

　いや、でも本命ができた時に拗《こじ》れるんじゃない？

　ややこしいのは勘弁してほしい。

「虫除けにしても、貧乏男爵家の私には荷が重いですし、意味がないのではないですか？」

　持ってもらっていた紙袋を受け取ると、定期便の馬車がやってくるのが見えた。

「意外と手強《てごわ》い」

「え？　何か言いました？」

　小さい声だったのでまたしても聞き逃したかと心配したが、ルカリオさんはふんわりと笑うだけだった。

そして、空いていた私の右手をすくい取ると流れるように指先に唇を落とした。

「うぎっ⁉」

何が起きた。

驚きに硬直する私に、ルカリオさんが今日一番のキラキラした笑顔を向ける。

「次から本腰を入れて頑張るので、覚悟していてくださいね」

何をどう頑張るというのか。どんな返事をしたのか、してないのかも覚えていない。

呆然とする私をエスコートして馬車に乗せると、窓の外から手を振って見送ってくれた。

辛うじて頭を下げたが、部屋に帰りつくまで頭の中が真っ白だった。

なんだ、アレ。

デートの終わりってあんなことするの？

白昼夢でも見た？　いやいやいや。そんなはずはない。ばっちり起きてた。

ルカリオさんの行動の意味がわからないまま、部屋着に着替える。

頭を空っぽにしても体は動いてくれた。

脱いだワンピースを吊るし、買った化粧品を専用の化粧箱に収納する。

ひととおり終えると、ベッドに座って掛けたワンピースを見る。後ろ髪に触れれば、ガラスの髪留めが確かにある。

プレゼントだって。

大盤振る舞いにもほどがある。買い物の付き添いだけなのに。

頬が緩んでしまうのを止めたくて、手を当ててみたけれど手の中で無様に動いてしまう。

ダメダメ。名目だけのデートで勘違いしないの。

でも、ちょっと嬉しかったりしなくもなくもないというか。いや、まぁ、嬉しいよね。

深い意味なんてないだろうけどさ。

なんと言ってたっけ。

確か次は頑張るとか、本腰を入れるとか。

…………。そうか。

次のお茶会に向けての意気込みか。

新作ドレスも買ったしね。そりゃ、気合いも入るよね。

なるほど、なるほど。

下地がいいから、けっこうな美人さんに変身できるもんね。

今日の買い物もノリノリだったし。

今日のワンピースと髪留めが賄賂《わいろ》ってことはないだろうけど、お返しの気持ちも込めて、
宣言通りとびっきりの美人さんにしてあげなきゃね。

秋のお茶会までにまだまだ腕を磨かなきゃいけないいな。

よし！　やる気出てきた！　頑張るぞ！

◆　◆　◆　◆

買い物デートから早一週間が過ぎ、ルカリオさんからプレゼントだという小箱が美文字なカードとともに届いた。

『使ってください』という内容をお貴族様らしく美辞麗句で彩られたカードを読んで箱の中を確認する。

箱にびっしりと詰められた魔法粉にルカリオさんの本気が垣間見《かいまみ》える気がした。

気に入ったんだ。いや、薦めたのは私だけどさ……。

趣味に関する情熱ってすごすぎる。

その本気度に感心すると同時に私の対抗心も燃えてくる。

これは私に対する挑戦とみた。

そこまで本気ならば、私も負けてられない。これを使って誰よりも綺麗にして差し上げようじゃないか。

せっかく魔法粉がたくさんあるので、口紅とファンデーションとか色々混ぜてみた。

市販品があると思うんだけど、まだ流通が確立してないから探すの大変だよね。

自分で作ると好きな色の物が作れるし愛着が湧くじゃない？

色々と試した中でも、気に入ったのはボディクリーム。薄く伸ばすと肌がキラキラして綺麗なんだよね。

うっすらと煌めく感じになるまで配分が難しかった。入れすぎると下品になるし、足りないとなんだかゴミが付いたみたいになるからからね。

クリームも上手く混ざる物と混ざらない物があったり、なかなか大変だった。大変だけど楽しかったし、完成した時は達成感に震えたね。

ハンドクリームも試したんだけど、手がきらきらするのって仕事する時には向かない。水仕事だとすぐに落ちちゃうし。

ハンドクリームはちょっと失敗かなぁ。少なくとも私は使わないや。

今日は仕事なので普通のハンドクリームを塗ってみた。

なんの変哲もない右手を開いたり握ったりと動かし、目の前で手の甲や手の平をじっと見る。

そんなに手荒れはないけれど、令嬢の手かと聞かれれば違うといえる。クリフォード侯爵令嬢の手に比べたら雲泥の差だろう。

彼は、こんな手にあんなことして、何が楽しかったのか。

あれは、なんのつもり……いや、まさか、ないない。そんなはずはない。多分。ないハズ。

そうじゃなきゃオカシイ。

「アーンナちゃん。手、どうかしたの？」

「うぇおっ。ビックリしたぁ。なんだ、エレンか」

「えー、ひどぉい」

急に声をかけられて一瞬心臓が跳ねた。

驚かすなよ。か弱い心臓がバクバクしてるわ。

斜め後ろからやってきたエレンはプクッと頬を膨らまして抗議する。

そういう仕草は未成年までだと思う。

「手。怪我したの？」

「え？　ううん、してないよ？」

なんでそんなことを言うのかと首を傾げたら、右手の指を左手で抱きこんでいた。

「………。うわっ」

慌てて手を離してスカートで手を軽く叩く。

エレンから見たら右手の指を怪我でもしてるように見えたんだろう。

「顔、赤いよ？」

「な、なんでもないっ。そう、なんでもない。大丈夫、なんでもない」

「ふふふ。変なアンナちゃん」

今日の担当場所は、エレンと途中まで一緒なので雑談をしながら歩く。

会話のほとんどはエレンの恋話だ。あれだけ騒いだハンスとは別れて、今は新しい恋に爆進中なのだそうだ。たくましい。

恋愛脳なエレンだが『真実の愛』は口にしない。口を開けば恋愛の話しかしないのにと不思議に思って聞いたことがある。

「だって、新しい恋のたびに言ってたら、前の恋がそうじゃないみたいじゃない？　今も昔も、私はちゃんと真剣に恋してるもの。死ぬ時まで一緒にいたら、その人との愛が『真実の愛』になるかもね」

だから今はわからなくていいの。と気の抜けた顔でへらりと笑った。

脳天気な恋愛脳で、苦手なところもあるけど、正直な彼女は嫌いじゃない。

「アンナちゃん」

不意に会話が途切れた後、エレンがクイッと私の袖を引いて立ち止まった。

いつもより真面目な顔つきだったので、珍しいと思いながらちゃんと聞こうと足を止めて向かい合う。

「あのね。嫌な気持ちにさせちゃうかもしれないけど、黙ってるのも気になるから言っちゃうんだけど」

「うん。なに?」

「あのね、身の回りに気をつけてね。私、偶然だけど、メイドさんたちがアンナちゃんの悪口言ってるの聞いちゃったの。アンナちゃん最近、ベネディクト子爵様やガルシアン卿と仲良しでしょ? やっかんでる人がいるみたいだから」

エレンの言葉に最近のモヤモヤが形になっていく。やっぱり嫌がらせだったのか。

掃除する場所に人が来なかったり、変更の連絡がなかったり、話しかけてもよそよそしかったり。

ルカリオさんは別として、子爵に関しては違うと声を上げたい。聞いちゃくれないだろうけどさ。話しただけで嫉妬されるとか、理不尽すぎる。変な嫉妬するぐらいなら本人にアピールのひとつでもすればいいのに。

不機嫌さが顔に出ていたのか、エレンから心配されてしまった。

「大丈夫。思い当たることに納得できただけだから」

「私、あまり役に立たないけど、グチとかお話はいつでも聞くからね」

「……エレン。ありがとう」

「いつも聞いてもらってるからね。お返し」

エレンのくせに。ちょっと感動したじゃないか。

「でもぉ、アンナちゃんが簡単にやられるなんて思ってないけどね」

前言撤回。感動を返せ。

えへへと笑いながら手を振って別れたエレンを見る目が思わず半目になった。


王宮で働く女性は侍女とメイドに大きく分けられる。

侍女は貴人のお世話が主だが、王宮の各省のお手伝い等もあるので、ある程度の休養は必須。メイドは洗濯・掃除・調理補佐が主な仕事で基本的に裏方。

メイドになるには紹介状と面接が必要だが、侍女の場合は二通以上の紹介状と年に一回ある採用試験に合格して面接を通らないとなれない。けっこう厳しいんだよ。

自慢じゃないが、その採用試験に私は合格している。

姉の淑女教育があんなに役に立つとは思わなかった。ついでに兄たちから教わった勉強もちょっと役立った。家畜の知識はいらなかったよ、父。

頑張って侍女で採用されたのに、仕事のほとんどがメイドの仕事ってのが意味不明。仕事内容は嫌いじゃないし、お給金はちゃんともらえてるからいいんだけどさ。

侍女のほうがお給金高いんだよね。いいの？

下っ端が改善を申し出るには、侍女頭補佐に話して侍女頭から侍女長に話を通してもらわないといけない。その上で現状を調査して改善という形になるんだってさ。

あのすこぶる評判の悪い隠れ乙女侍女長がただの侍女ひとりのために動いてくれるとは到底思えないので、とりあえず不都合が出るまでそのままにしてある。


現在の侍女長はカンドリー伯爵の妹。妹といっても父と同年代の未婚女性である。

女性には厳しいのに男相手だと態度が変わるとか、権力に弱いのに部下には強気だとか、悪評はゴロゴロ出てくる。

変な若作りが異性にも評判が悪いことに本人だけ気づいてない。白く見せようと肌と合ってないファンデーションを厚く塗ってるから余計に年齢が目立つと思うんだよね。

誰も指摘しないのかなと思った時もあったけど、指摘しても聞かないどころか逆に怒られそう。

「年相応って言葉を知らないんだろうよ。見てるほうが恥ずかしくて仕方ないね」

マチルダおばちゃんが嫌そうに話してくれたことがある。結婚条件と年齢が年々高くなっていくのに妥協をしようともしない頑固者だとも言っていた。本当に歯に衣着せぬというか、表現が的確で容赦がない。

王妃の遠縁というのも関係していると思う。

マチルダおばちゃんって何気に王妃嫌いだよね。昔、何かあったんだろうなぁ。闇が深そうで聞けないけどね。


地味な嫌がらせが続いたある日。

恒例の汚れた東屋を掃除した帰り道、何かが足に引っかかった。

ずしゃあっと見事にすっ転んだ地べたからゆっくりと起き上がる。

上半身を起こして座ったまま手の汚れを叩き落とす。

あー、手の皮が擦《こす》れた。擦《す》り傷から血が滲《にじ》んでいるのが地味に痛い。

でも手よりも両膝のほうがジンジンと痛みを訴えている。たぶん、手の平よりも擦りむいてる。

あー痛い。まじで痛い。くそムカつくぐらい痛い。

慎重に立ち上がれば、膝から血が出ているみたいでスカートの裏地が張り付いている。

ヤバイ。けっこういってる気がする。見るの嫌だなぁこれ。

「あらら、大丈夫？　最近浮ついてるから足もとが疎《おろそ》かになってるんじゃない？」

腕を胸の前で組んで見下ろしてくるのは、キャロライン・ブロッケン。キツめの性格に相応《ふさわ》しいつり目を強調した厚化粧の男爵令嬢だ。

ムラのあるファンデーションとか左右で長さも角度も違う眉とか塗りすぎているチークとか、その化粧は個人的にどうかと思うが他人事《ひとごと》なので口は挟みませんとも。

平民が多いメイドの中で貴族令嬢だと低めの鼻を高くしている人なので、あまり関わりたくない。

面倒くさい臭いがぷんぷんしてる。

「平凡で地味な平民のくせに最近生意気なのよ」

平民じゃねーっての。

メイド仕事するのにわざわざ家名まで名乗らないし、この人と仲良くなりたいわけでもないから誤解を解く気もないけどさ。

キーキーと高い声で捲《まく》し立てているのを聞き流しながら落とした帚《ほうき》と木桶《きおけ》を拾う。水が入ってなくてよかった。

「ちょっと聞いてるの⁉」

「はいはい。聞いてますよ。では、仕事があるので失礼します」

「はぁ？　誰に向かって口をきいてるのよ」

貴女にですが？

他に誰が？　もしかして目には見えない誰かが見えているとか。

やだ、怖いわぁ。

「サボりは減給になりますよ？」

「はぁ？　サボってないわよ、ちょっと休憩してただけよ。貴女と違って貴族の私は色々と忙しいのよ」

いや、それサボりじゃん。

仕事に平民も貴族令嬢も関係あるか。

確かに私と貴方は違うけどね。そっちは親の代で成り上がった男爵家で、うちは数代続く貧乏男爵家だ。

うちの家系に手柄を立てようとか爵位を上げようとする気骨のある人物はいなかったらしい。数代前に領地を拝領してからもほぼ変化してないと聞いたことがある。

うちらしいといえるかもしれない。

「さすが貴族令嬢様は色々と大変でございますね。そういえば、今日は抜き打ちがあるとかないとか……。あ、お忙しい貴族令嬢様には関係ありませんね」

そう伝えれば、高飛車女は慌てて走り去って行った。

少しの段差に躓《つまず》いて転けろ。けっ。

だけど、そんなに急いでも間に合うかな？

ごめん、ごめーん。間違えたわ。

抜き打ちは今日じゃなくて、三日前に終わってたわ。

アンナちゃん、うっかり。てへ。

三日前は彼女と同じ議会室の掃除だったけど、彼女ともうひとりは最初から最後まで来なかった。おかげで二百人は入る議会室をふたりで掃除する羽目になったんだよね。

もぉ中腰で椅子とか机拭きまくったから、腰が痛いのなんの。次の休みにはほぐし屋に行かなきゃ。

掃除中に抜き打ち検査に来たメイド頭補佐の人に「他のふたりは？」って聞かれたからちゃんと正直に「来ておりません。連絡もないので困ってたんです」と答えた。

嘘なんてとてもつけませんもの。

誇張もなくきちんと、最近は仕事中にまったくお見かけしないとも伝えておきました。

私ってば気が利く。

遠慮なく減給して差し上げてくださいませ。

むしろあれだけサボってて減給ですめば御《おん》の字《じ》じゃない？

たまに行われる抜き打ち検査で評価が悪いと、最悪解雇にされることもあるらしい。

真面目に仕事してる私には関係のない話だもん。


汚れた手足を洗ってから、手当てしようと休憩室に行けば、マチルダおばちゃんとかち合った。

おばちゃんは私の怪我した両手を見て驚いた。

「転けちゃった」

えへ。と笑ったが両手を掴まれてじっと確認され、いきなりスカートをめくられて怪我をした膝まで見られた。

「これは、どうしたんだい」

「だから、転けた……」

不機嫌そうなおばちゃんに「大丈夫だよ」と笑って誤魔化したらデコピンされた。痛い。

「うぅ、いたい。今、膝よりもおでこのほうが痛い。ひどいよぉマチルダおばちゃん」

「変な顔してるからだよ。ほら中で待ってな。救急箱持ってきてあげるから」

額《ひたい》をペチンと叩かれておばちゃんは離れて行った。

叩かれた額に手を当てる。心配されているのがわかるから、乱暴な口調なのに嬉しいと感じてしまう。

大人しく中に入って椅子に座る。

洗ったせいか、怪我したところがじんじんする。

気がつくとメイドのひとりが私の前に立っていた。後ろにもうひとりいる。

何か用だろうかとじっと見上げる。ひと呼吸分の沈黙の後、相手が口を開いた。

「アンナ。あんた貴族なんだって？　同じメイドのくせにあたしらを陰で見下してるんだってね」

言われたことに覚えはない。

貴族だとわざわざ言う必要はなかったし、見下した覚えもない。

反論しても多分聞かない。だって、断定して話してるから、こっちの言い分なんて聞く気なんてなさそう。

あぁ、めんどくさそう。

「見下したつもりはないけど、あなたは見下されるだけの理由があるのかしら」

足はかけられて怪我をするし、わけのわからない言いがかりをつけられて気がたっていた。

喧嘩売るなら全力で買ってやる。そんな気分だった。

「生意気ね」

「貴女は無礼ね」

すかさず言い返せばぐしゃりと怒りに顔が歪む。

「そういやベネディクト子爵様だけじゃなくて、侯爵様にまで尻尾を振ってるんだってね？」

後ろにいた人が一歩前に出てくる。

「振ってるのは尻尾じゃなくて腰じゃないの？」

「言えてる。澄ました顔してエグいことしてるんだって？」

またひとり増えた。

この人は覚えてる。さっきのキャロラインと一緒にサボった子だ。

エグいことってなんだ。身に覚えがありませんね。

「友達の彼氏を寝取る貴女よりエグいことをした記憶なんてないけど？」

「いい加減なこと言わないでよっ」

嘲るように笑うと、顔を真っ赤にして睨んでくる彼女におしえてあげる。

「一週間前。厩舎《きゅうしゃ》。昼過ぎ」

それだけで表情が青くなる。

多分、今私は悪い顔をしていると思う。相手の事情なんて知ったこっちゃないけどね。

売った喧嘩に文句言うなよ？

「な、何よ。お偉いさんに気に入られてるからっていい気になってんじゃないわよ」

彼女たちに触発されたのか、にやにやと成り行きを見ていたおばちゃんたちまで加わってきた。

「上手く取り入ったんだってね。どんな手段を使ったんだい？　羨ましいねぇ、あやかりたいもんだよ」

「その貧相な体で侯爵様や子爵様をよく落とせたわね。何したのか教えてよ」

「余程そっちの具合がいいのかしら。ねぇ、今まで何人咥え込んだの？」

「澄ました顔してやることやってるのね、怖いわ。淫乱なのは親譲りかしら？」

「もしかして、その親の言いつけかい？　田舎娘が侯爵様の愛人にでもなれば万々歳だろうよ」

ゲラゲラと笑う声にイライラさえも消し飛んだ。

大抵のことは対岸の火事だと気にもしなかっただろう。苦手な人でも「まぁいいや」と流しただろう。

でも、親のことだけは許せない。

怒りも何も超えて、表情が抜け落ちたまま冷え固まる。

頭の芯だけが熱い。

ぐっと握り込んだ拳を振り上げた瞬間、マチルダおばちゃんの声が聞こえた。

「平手にしなっ！」

無茶を言う。

振り下ろす間際に拳を開いた。

速度は落ちたが、それなりに威力があったらしく叩いた相手は椅子を巻き添えにして派手に倒れ込んだ。

「父さんを侮辱したな」

ふざけんなよ。

私のことをどう言おうとも構わないけど、お前らごときに家族を貶《けな》される筋合いなんてない。

「いきなり何すんのよっ」

「そっちから仕掛けたんだ。文句なんて言うなよ」

掴みかかってこようとするのを応戦しようと身構えた時、大きな怒声が部屋に響いた。

「お止めっ‼」

全員が動きを止めて振り向けば、怒れるマチルダおばちゃんが立っていた。

「こんな狭い場所でケンカなんてするんじゃないよっ」

「でも、マチルダさんだって見てたでしょう？　あたし、この子に叩かれたんですよ！」

叩かれた女が赤くなった頬を見せて抗議したが、マチルダおばちゃんは鼻をふんっと鳴らして一蹴《いっしゅう》した。

「怪我してる子を大勢で囲んでた卑怯《ひきょう》者が言うじゃないか。平手で済んだと思いな」

マチルダおばちゃんは私の肩を押さえて、問答無用とばかりに椅子へ座らせられた。

「言いたいことがあるならひとりで面と向かって言いな。見てて格好悪いじゃないか。年上が年下にギャアギャア喚くなんて情けないと思わないのかね」

マチルダおばちゃんの言葉に気まずそうに黙り込む。

周囲を見れば、部屋にいた人たちが「言いすぎよ」などと彼女たちを批判していた。

そんな気まずいムードの中、レダ姉さんがパンパンと手を打ってみんなを散らしていた。

「ほらほら、見世物じゃないよ。解散解散」

見世物の空気は霧散して、一気に日常に戻される。

いまだに不満そうな彼女たちにレダ姉さんは変わらない笑顔で話しかけた。

「あんたたちも、もう少し頭を使ったらどう？　アンナが侯爵様たちのお気に入りなら、あんたたちの首も危ないのよ？」

もしかしたら、物理的にもね？

そんな言外の忠告とともに首を切る真似をすれば、彼女たちは体を震わせて出て行った。

そんなことを頼める立場じゃないんだけど、あえて黙っておく。

精々恐怖に震えるがいい。

「良い子なアンナちゃんはしないかなー？」

「……やりたくてもできないですよ」

「やりたいんだ」

レダ姉さんはゲラゲラと笑いながら頭をぐしゃぐしゃと撫でてきた。

だって、そのぐらいはムカついたからね。

できるなら自分の手でケリは付けたいけど、かなり腹立たしかったから、頼める立場だったらお願いしたかもしれない。

「あんたはもうちょっと自分のことに怒りな」

マチルダおばちゃんがあきれた口調で、軟膏《なんこう》を手に塗ってくれた。

地味にしみてくる。

「怒ってますよ？」

見てなかった？　久々にブチキレたよ？

「親のことを言われたからだろ。そうじゃなくて、自分に言われたことを怒れって言ってんだよ」

スカートをめくられて、膝にも軟膏を塗りたくられて、ガーゼを貼られた。

言われた意味がよくわからない。怒ることに、なんの違いがあるの？

マチルダおばちゃんは小さくため息を吐くと、治療を終えたばかりの膝小僧をピシャンと叩いた。

「ったあぁぁ〜〜」

膝の痛みが脳天まで突き抜ける。

思わず膝を押さえて体を丸めた。

「はい。終わりだよ。明日の朝にまた貼り替えな」

マチルダおばちゃんの働き者の手が頭を優しく撫でる。ちょとカサついた温かい手が嬉しくて泣きそうになった。

「いだいよぉぉ」

瞬きすれば落ちてくる水滴を誤魔化すために膝を抱える。

全部お見通しなマチルダおばちゃんは「そうかいそうかい」と明るく言い放ち、私が落ち着くまで背中をさすってくれた。


メイド仕事は気楽だ。

言われるまま掃除をして、噂話で盛り上がり、ああだこうだと愚痴を吐いて笑う。だけどその中で私は異質だった。擬態してもバレたら終わり。もう中には入れない。戻れない。

「おばちゃん。私ね、メイド辞めようと思うんだ」

乱闘した翌日、考え抜いて決めた答えをマチルダおばちゃんに話した。黙って辞めてもよかったけど、お世話になったマチルダおばちゃんやレダ姉さんには話しておきたかった。

「ああ、いいんじゃないかい」

マチルダおばちゃんは新聞から目を離さずに、あっさりと肯いた。

「ちょっとあっさりすぎるよぉ。すっごく悩んだのに」

「むしろ遅いぐらいだよ。もう少し早く決めな」

マチルダおばちゃんが冷たい。

代わりにレダ姉さんが、にやにや笑いながら私の肩に手を置いた。

「こんなこと言っているけど、気にしていたのよ。それで？　書類は書いたの？」

「一応書いてきた」

侍女長宛の上申書を渡すと、レダ姉さんはざっと見てマチルダおばちゃんに手渡した。

「出すならメイド長宛にしな。あの侍女長も侍女頭も仕事ができない人たちだから、いつ通るかわかりゃしないよ」

「本業に戻ろうとしているのに、不安にさせるのやめてよぉ」

トップふたりが使えないって、不安だらけじゃん。

早まったかな。でも後には引けない。

「まぁ、そのうち変わるんじゃないかね。安心しな」

「……その心は？」

「長年の経験と女の勘さ」

新聞を畳んでにやりと笑ったマチルダおばちゃんがかっこいい。やだ、惚れるわ。

「ダメなら帰っておいで。いっぱいこき使ってあげるからさ」

レダ姉さんなりの激励に「ヤダね」と笑って返した。

上司は心配だけど、大丈夫。ここで鍛えられたから、頑張れる。

書き直した書類はマチルダおばちゃんが提出してくれると言うのでお願いした。

「頑張んな」と背中を叩かれ、私はメイド仕事を辞めた。

そして、私の王宮侍女としての日常が始まる。(予定)

名実ともに王宮侍女となったのはいいが、やはりここでも下っ端である。貴族であることが前提の侍女だから、身分的にも下っ端である。

頑張り次第ではある程度の出世は可能らしいので頑張ろうと思う。

「はぁ。なんて美しい肌なんだ。白く、艶やかで、こんなにも滑らかだなんて。この艶《なま》めかしい曲線。すぼまった口。完璧だ。君もそう思うだろう?」

「左様でございますね」

私はいったい何に付き合わせられているのだろう。視点をぼかして直視しないようにして平静を保つ。

この奇妙な儀式が終わらないと目的の書類がもらえないのだ。

心を無にして、息を荒らげながらひと抱えもする壺に頬ずりをする高官が落ち着くのを待った。

王宮侍女として働き始めて早二年。その半分以上をメイドとして働き、いろんなことに出くわした。だが、それさえも氷山の一角だったのだと思い知る。

奇人変人が溢れる王宮の、私の日常はまだまだ続くのである。

伯爵夫人は微笑む

陽が落ちて少し涼しくなった風が部屋の中に入り込み、読んでいた本のページをはらりとめくった。

数枚めくれていくページをぼんやりと見ていたカレンは、ため息をひとつ吐いて本を閉じた。

最近、気を抜くとぼんやりとしてしまうことが増えた。

悪阻《つわり》がようやく治ったと思ったら、今度は眠気が襲ってくる。

昼間はいいが、夕方になると疲れからか眠気に襲われる。だが、いざ寝ると眠りは浅く夜中に何度も目が覚めるのだ。

妊娠してからますます過保護になった夫へ相談すれば、悪化するのは目に見えているので言えないでいる。

カレンが相談できる大人は少ない。

頼るべき義母は、五年前に亡くなった前クロイツェル伯爵が愛した領地で余生を過ごしたいと、カレンたちの結婚式が終わるや王都から領地に居を移している。

心配させるだけだと、実家の父や兄たちに相談する気にはなれず、義姉やマルムに相談するのも違う気がして、まだ妊娠の事実も伝えてられていない。

アンナには伝えたので、そろそろ手紙で知らせなければとは思っている。

結局、相談できるのは出産を経験している友人ぐらいで、頼れるのは夫だけという非常に不安な日々を過ごしていた。

夫のナシエル様は妊娠を大層喜んでくれたが、悪阻でぐったりしていた様子がいまだに忘れられないのか、カレンは最近まで軽い軟禁状態になっていた。

友人と会うことはおろか屋敷の外に出ることさえ許可されなかった。

聖ウルシアサス祭の夜会は、本当に久々の外出だったのだ。それも最初からの参加は許可されず後半からの参加になったが、おかげで帰り際に妹に会えたのだから行けてよかったと思う。

二年振りに会った妹は、昔よりも大人びて見えた。

上等なドレスと化粧のせいで別人のようにも見えたが、目が合った瞬間にアンナだとわかった。

しかも横にいたのはガルシアン伯爵の三男。

ガルシアン伯爵は穏健派で可もなく不可もなく。本人は確か、外務省の外交官だったかしら。

身元、経済力、合格。

彼があのドレスを贈ったとしても経済的に不思議ではない。アンナに似合うかどうかは別の話だ。あのドレスを本気で選んだのならば、アンナとの交際にひと言ふた言……いや、数時間ばかり話し合いをしたいところだ。

センス再教育の必要あり。

アンナの言葉を信じるならば、仕事で知り合った知人らしい。

女好きのベネディクト子爵ならばまだわかるが、王宮侍女のあの子と外務官のルカリオ・ガルシアン卿との接点が思いつかない。

侍女ならばお使いなどで、執務宮を訪れることはあるかもしれないが、それもしっくりこない。

経過観察が必要。

もうひとつ懸念がある。

友人から聞いたのだが、今の王宮侍女長はカンドリー伯爵の妹サリバン・カンドリーらしいということ。

「厄介ね」

カンドリー伯爵の娘はナシエル様にひと目惚れして、かなり果敢にアピールをしていた。

けれど、ナシエル様はまったく眼中になく、私に『真実の愛』を捧げてしまった。

あの告白後は、夜会で見かける度に睨まれる日々。早く気持ちを切り替えて新しいお相手を見つければよろしいのに。

エスコートで隣にいるナシエル様がまったく気がついてないのも、申し訳ないやら、あきれるやら。

そういう感情に鈍いところが、ある意味羨ましいようでもあり心配でもある。

そんな困った令嬢の伯母が王宮侍女長の地位にいる。不安しかない。

それとなくアンナに仕事の話を振ってみたが、「大丈夫。ちゃんとやれてるよ」と笑顔で言われてしまえば、それ以上聞けるはずもない。

こちらでもなんとか情報収集をしなければならないわね。

できるならばお茶会などに出席できるといいのだけれど、現状では難しい。

どうしようかと思案をしていると扉がノックされ、侍女がナシエル様の帰宅を知らせてくれた。

カレンは返事を返すと、本を片付けるために立ち上がった。

本来ならお迎えに出るところなのだが、妊娠してから朝のお見送りさえも禁止されている。

そのくらいは歩きたいのだけれど、お腹にいるのは後継かもしれない第一子なのだから仕方ないと諦めて受け入れることにした。

程なくして、ノックとともに扉が開いた。

ノックの意味がないと何度注意しても治らないので、最近では諦めている。

「ただいま、私の奥さん。愛しのカレン」

ナシエル様はにっこりと笑って小さな花束を手渡し、頰と額にキスをする。

オレンジと白のガーベラの花束は可愛らしく、お礼を伝えれば嬉しそうに微笑んでくれた。流れるようにエスコートされて、ソファにともに座る。

「体調は良さそうだね。顔色が良い」

「ええ。久しぶりに妹に会えましたもの。楽しかったですわ」

貴方にした悪戯の数々を教えてもらったのよ。

お説教をしてしまったけど、笑うのを堪《こら》えるのに必死だったわ。

ナシエル様は格好をつけたがる方だから、馬糞に足を突っ込んだり、ヤギに服の裾を噛まれたり、牧羊犬に吠えられたり、慌てる姿を見てみたかったわ。

アンナが悪戯で淹れた酸っぱい紅茶を飲んだ時みたいな顔かしら。私が横にいたから、なんとか耐えていたけれど、口もとが歪んでいたわ。

思い出し笑いをしてしまった私の頭をナシエル様が優しく撫で下ろし、髪をひと房掴んで毛先にキスを落としたままふっと笑った。

「愛しい君にそんな顔をさせるなんて、妬けるな」

「まぁ。妹ですわよ？」

「私は存外心が狭いのかもしれない。君の家族にも嫉妬してしまいそうだ」

今さらだけど、本当に狭いのよ。もう少し広げてちょうだい。

こんなことを言われて、愛されていると感激しなければいけない場面かしら。それとも愛を囁き返す場面かしら。

考えるのも馬鹿馬鹿しくて、曖昧に濁しておこうと微笑んでおいた。

しかし続いた言葉に眉目が寄りそうになった。

「しかし、君の妹はもう少し自立したほうがいいんじゃないか？」

「どういうことですの？」

「君に泣いて縋っていたらしいじゃないか。もういい年なんだから、身重の君に負担にならないように気をつけてほしいね」

私を心配しての発言なんでしょうけれど、少し……いえ、かなり腹が立ってしまうのは仕方ないわよね。

身内を貶されたのよ。

怒っていいわよね。

アンナが私の妊娠を知ったのは帰り際だし、泣いて縋ってきたわけでもないわ。それにいい年だなんて、いい年の貴方がおっしゃる言葉ですか？

会話は聞かれてないようだけど、遠くから使用人が見張って……いえ、見守っていたのね。

それは、それは、まったくもって、愉快ではありませんわね。だって、信用されてないってことよね。

「私は君がこれ以上家族の犠牲になるのは耐えられないよ」

「犠牲……」

「ああ。母君がいなくなって、君が皆の母となり姉となり娘となって家族を支えてきたことは知っているが、もう自由になってもいいんじゃないだろうか。いや、自由になるべきだ。そして幸せになるべきだよ」

真摯《しんし》に熱弁を奮うナシエル様には悪いと思うのですが、危うく舌打ちするところでしたわ。

本当に、余計なお世話でしてよ。

こういう、自分はなんでもわかっていますというか、さも私も同じ考えだと信じて疑いもしないところが、本当に理解できませんわ。

家族の犠牲だなんて思ったこともないのに、私の何を知ってそういう考えに至ったのかしら。

自分の尺度で物事を決めつけないでほしいわね。

私の幸せは私が決めますわ。

本当に不愉快。

ああ、ダメね。妊娠中は気持ちが不安定になると聞いていたけれど、本当にそうだわ。

私が如何に大変だったか、ナシエル様がそのことをどれだけ憂えたのかという話を流し聞きしながら、テーブルに置いていた箱を開けて中身を一枚摘まむ。

面倒だわ。

私を心配しているようでいて、妻を心配する自分に酔っている気がするのよ。

「何も縁を切れと言っているわけじゃないよ。ただ、距離を置いて君は君の幸せを――」

「はい。あーん」

自論を熱弁するその口に、アンナが作ったクッキーを一枚突っ込む。

口に入った物をもぐもぐと咀嚼《そしゃく》する度に顔色が悪くなり、口もとを手で押さえている。

まぁ、効果覿面《てきめん》。

味見しなくてよかったわ。何か言いたげなナシエル様に問答無用と微笑む。

「手作りのクッキーですの。ナシエル様のお身体を考えて薬草を少し入れてみたのですが……お口に合いませんでしたか？」

不安げに上目遣いで訊《たず》ねると、ぶんぶんと首を横に振る。

ほっと安心して微笑み、私の名前を言いかけたその口に二枚目をグッと押し込む。

「よかった。お体にいい物が入っておりますのよ。食べてくださって嬉しいわ」

涙目で懸命に飲み込もうとする姿に、少しだけ溜飲《りゅういん》が下がりましたわ。少しだけ。

残念ながらお茶はありませんの。よく噛んで飲み込んでくださいませ。

口を開けた隙にクッキーを放り込みながら、ナシエル様に話しかけた。

「母がおらず、大変なことはありました。ですが、そのことで家族を負担に思ったことはございません。まだ私も若くてできないことばかりなのに、父は頑張らなくていいと諭し、兄弟で支え合ったあの日々は何よりも大切な宝ですわ」

母のことで落ち込む父をなんとかしてあげたいと、兄弟で知恵を出し、体を動かし、懸命だったあの日々。

金銭的に厳しく貧乏だったが、家族の絆はより深まったのではないかと思う。

はい。もう一枚。

「特に妹はいつも私を『尊敬する姉』だと自慢してくれていました。それがとても誇らしかったのですわ。あの子の前では自慢の姉でいたいのです」

いつもキラキラと見上げてくるあの瞳に無様な姿を映したくなかった。

「父も兄弟たちもとても大切な存在で、貴方様と同じくらい大切なのです。それでも、疲れてしまうことはありますわ。その時はナシエル様が癒やしてくださいませ」

「カレン……」

瞳を潤ませ、少し復活したナシエル様が顔を近づけてくる。

少し開いたお口から例えようのない臭いが漏れているので、蓋をするように新しいクッキーを入れて差し上げました。

その口とキスは無理ですわ。

それに、さっきの発言にはまだ怒っていますのよ。

さあ、クッキーはまだまだ残っていましてよ？


思い出すのは、大変だった子ども時代。

どこかの恋愛脳な方々のせいで国や経済が混迷し、地方はその煽りをくって大変な時期があった。

我が家も例外ではなく、税などの収入が減り、流通が滞り、追い打ちのように羊の病気が広がったりした。正直、忙しすぎて記憶が曖昧なことが多い時期だった。

父は長兄を連れて領地を駆け回り、次兄と私が父の名代《みょうだい》として仕事を手伝っていた。もちろん執事や他の大人たちに手伝ってもらいながらだけれど。

あの日は、馬のお産で父が出ており、兄たちと私も忙しかった。アンナは熱があったので安静を言い渡されていた。

「おねーちゃん、はやくかえってね」

忙しいのに、わがままを言う妹に苛ついたのを覚えている。

途中で見かけた幼い姉妹よりもアンナが幼いことに気がついて反省した。父母も兄弟もいない屋敷にひとりでいることが多いアンナが寂しがるのも当たり前だ。だが、今は母が看病に残っている。

母を独り占めできるのだから、早く帰らなくてもいいかもしれない。

都合よく解釈して、手伝いの後に村の友達と遊んで帰ったのは夕方頃だった。

静かな屋敷でひとり呆然と座り込んでいた幼い妹の姿が忘れられない。

母をなくしたあの日、どうして早く帰らなかったのだろう。今もずっと後悔している。


そんなあの子も、成人して今は王宮侍女として頑張っている。

恋をして、誰かに嫁ぐのもそう遠くはないのかもしれない。

「お姉ちゃんは、いま幸せ?」

どこか不安げに問う妹は、ナシエル様が好きではない。

母親の代わりとして愛情を乞う対象がいなくなったせいか、嫌いな「真実の愛」を声高々に叫ぶせいか。

明確な理由を聞いたことはないが、それを咎《とが》める気はさらさらない。それはアンナの気持ちだから。

多少隠してくれると嬉しいとは思うけれど。

「そうね。可愛い妹が遊びに来てくれたら、もっと幸せだわ」

素直な妹は私の返事に誤魔化されてくれる。

伯爵と『真実の愛』で結ばれた私は、世間一般から見れば幸運で幸せな令嬢だと言われている。

『真実の愛』だから幸せ？　そんな物語みたいに簡単なわけないじゃない。

ナシエル様は夢見ている感じがあるけど、ちょっと世間知らずで心配よね。

私に言わせれば愛の継続は互いの努力だと思うのよ。嫌なことを改善してもらえるように伝えたり、受け入れたり、嬉しいことや楽しいことも話したりして共有したりね。

他人が一緒に暮らすのですもの、何もかも受け入れられるのは無理だわ。

ナシエル様のこと、何もかもを差し置いて一番愛しているわけではないもの。

愛しすぎず。

嫌いすぎず。

そのくらいでいいわ。少し足りないくらいでいいの。

物語のような燃える恋なんて要らないわ。

自分たちの幸せだけを追い求めて、どれだけ周囲に迷惑を振りまいているかもわからないような、そんな無様な恋なんて要らないの。

だから、私には貴方がちょうどいい。

多少面倒だとは思うけれど。

だから、ナシエル様。貴方を嫌いにさせないでね。

私も愛されるように努力していきますから。

メイドは噂を集める

窓の外には細い三日月。どこかで鳴いている梟《ふくろう》の声が静かな夜に溶けた。

残業など滅多にない外務大臣の執務室には、珍しく明かりが灯っていた。部屋の主であるクリフォード侯爵が暇つぶしに関税の書類を読んでいると、ノックの音とともに待ち人が現れた。

「元気そうだな」

「お陰様で。余生を楽しく過ごしております」

メイドたちの間では決して見せない凛とした立ち振る舞いで、マチルダは侯爵に頭を下げる。

「それで？　昔話をするために来たのではないのだろう？」

話したい内容などわかっているくせに、あえて問いかけてくる侯爵を、タチの悪い男だとマチルダは心の中でこき下ろす。

「今日は閣下にお願いがあって参りました」

使用人のマチルダが、高官の侯爵に話しかけるなど不敬だと罰せられてもおかしくない。だが、彼は相手が誰であれ、それに見合う働きをした者には寛容でもある。どこまで許されるのか、ある程度の許容範囲を知るぐらいには付き合いは長い。

視線だけで続きを促されて、マチルダは侯爵の目を真正面から見据えた。

「アンナ・ロットマンの待遇改善をお願いします」

「異なことを言う。然るべき手続きを取ればよかろう？」

「時間がございません」

侍女を統括する侍女頭とその上に立つ侍女長が手を組んでいるのだから、上申したとしても通る見込みは少ない。

「私になんのメリットもないではないか」

素気なく返された返答は予想済みのものだった。

マチルダは持っていた封筒から紙の束を取り出して、侯爵の机の上に置いた。

その紙の一枚を手に取り、ざっと目を通した侯爵は、まるで及第点を与える教師のようにマチルダを見た。

「よくまとめたものだ」

礼を口にするのも忌々《いまいま》しく、マチルダは黙って頭を下げた。

渡した書類には、侍女長と侍女頭の不正や職務怠慢の数々が書かれていた。

「それだけあれば、罷免《ひめん》にも持っていけましょう」

「そうだな。こちらの物と併せれば問題ないだろう」

「併せて、王妃の使途不明金をリストにしております」

「ああ。これは助かる。わからない物が幾つかあったのでな」

「その手柄の半分がアンナによるものです」

侯爵の目が興味深そうに見開かれる。

あまり言いたくなかったが、仕方がない。

あの子との雑談から導き出された結果は、侯爵の興味を大きくひいたらしい。

「なるほど」

「では？」

「ディヴォルドに話を通しておこう。後は彼と話したまえ」

「ご厚意に感謝します」

ディヴォルドとは侍従長の名である。

侍従長は使用人全般を束ねる役職で、侍女長やメイド長の上司にあたる。

本来なら一侍女のことでディヴォルド侍従長の手を煩わせることなどできないが、侯爵の口添えがあるならば、話は別だ。

それほどまでに、この侯爵は静かに王宮内に勢力を伸ばしている。

「ずいぶんと入れ込んでいるようだな」

「閣下ほどではございませんよ」

間髪入れない返事に、侯爵は低く笑っただけだった。

マチルダは、建前として持ってきたティーセットを乗せたトレイに目を向ける。

「召し上がりますか？」

「頼もう」

侯爵の好きな銘柄の紅茶を淹れている間に、彼は執務机から応接用のソファに移動していた。

ふわりと香る紅茶をふたつ用意してテーブルに置けば、どうぞとばかりに向かい側を手で指し示される。一礼して座ると、侯爵はカップを手に取った。

「君の紅茶は久しぶりだな」

「しばらく離れておりましたから、腕が落ちておりますよ」

侯爵はひと口飲んでから「ふむ」と頷いた。

言葉通りだったのか、満足だったのか、特に言及することもなかったが、続けて飲んでいるので問題はないのだろう。

「辞めるつもりか？」

「まだしばらくはおりますよ。後始末まで見届けてから参ります」

「そうか」

ただの相槌かもしれない。だが、ほんの少しだけ惜しむような響きがあった気がした。

そんなことを考えてしまった自分を内心で笑い、マチルダは紅茶を飲み切った。

マチルダと侯爵の付き合いはもう二十年以上になる。

マチルダが仕えていたお嬢様と侯爵は仲の良い従兄妹同士であった。お嬢様の専属侍女であったマチルダが、侯爵と面識があるのもそのせいだ。

マチルダにとって、お嬢様は愛おしく大切な存在だった。誰よりも幸せになってほしいと願ったのに、謂《いわ》れのない言いがかりをつけられ一方的に婚約を破棄されてしまった。

自己顕示欲が強くて、自尊心が強い、あの男。当時の王太子エセルバートによって。

普通に婚約が解消されたのならば素直に喜んだだろう。だが、愚かにもあの男は、なんの罪もないお嬢様を切り捨てたのだ。あまつさえ自らの不貞行為を美談にすげ替えて。

元凶の王太子も加担した奴らも、全員許すまじ!!

お嬢様の代わりに、などと言い訳をするつもりはない。マチルダがどうしても許せないだけなのだ。

その後、良縁に恵まれ、国境に近い帝国貴族に嫁いだお嬢様の元を断腸の思いで離れ、メイドとして王宮で働くことにした。

メイドは様々な噂を集めるのに都合がよかった。王宮の陰で働くメイドは、貴族から出入りの商人まで様々な人の言動を知ることができる。

得たか。

賄賂、横領、不正、不貞、暴行、誘拐、恐喝。誰が関わり、誰が被害を受け、誰が利益を
疑惑の数々が溜まりだしたころ、王宮でクリフォード侯爵に逢ったのだ。

「あの日、閣下にお会いできたのは天啓だと思いましたわ」

カップを片付けながらマチルダは懐かしそうに呟いた。

「頼もしい協力者を得ることができて、私もマリーも喜んでいるよ」

「エマリエ様には危ないことはなさらないでほしいのですけれど」

親友に何かあれば、お嬢様が悲しまれるはずだ。

「私が彼女を危険に晒すはずがないだろう？」

自信たっぷりの様子に苦笑して、片付けを終える。

「しかし、面白い結果だな」

まとめた資料を手にした侯爵は笑いを堪えている。

「不貞と離婚がほとんどとは情けない。先駆者であらせられる国王陛下に至っては、若すぎる女性に愛を囁かれておられるようだ」

「王妃様は護衛の女性騎士と『真実の愛』を見つけたそうですわ。その騎士は王女とも『真実の愛』を交わしたそうです」

「なんともはや、美しくも儚い『真実の愛』だな。教会に飾ればいい供物になるだろう」

「私は教会の裏に埋めてしまいたいですけれどね」

侯爵と目が合い笑いあう。

長かったメイド生活もあと少しで終わるだろう。マチルダは、全てを見届けてから辞職して王都を離れようと決めている。

たくさんの土産話を携えて、晴れやかにお嬢様を訪ねよう。

今からその日が楽しみで仕方ない。

あとがき

はじめまして、腹黒兎と申します。

この度は「王宮侍女アンナの日常」をご購入いただき誠にありがとうございます。立ち読みの方はどうぞそのままレジへお運びください。

本作品は小説投稿サイト「小説家になろう」で連載している作品を大幅に加筆修正したものです。ゆるふわ設定で書いていたものが、書籍化に伴ってご指摘をバンバンいただき、よりよいものへと改善できたと思っています。

主人公アンナの立ち位置は完全な脇役です。

婚約破棄や恋愛劇が華々しく展開される裏で「早く帰りたい」とぼやいてる人が書きたかったのがきっかけです。

主役たちが活躍する脇や裏側で働いてる人たちも、彼らの人生では主役なんだ。なんていい感じに言ってますが、本音は面白そうだったからです。

調子に乗って書いていたら作品内の七割近くが変人・変態になってしまいました。そのため、裏の目標が「明るく楽しい変態・変人を出演させること」となり私の頭を悩ませることとなりますが、悔いはありません。

ＷＥＢの感想でアンナについたあだ名が「変態ホイホイ」です。的確すぎて笑う。

今後も彼女はあだ名に負けぬようにいろんな人（女装家や特殊性癖の方）に出会い成長していく予定です。


話は変わりまして、今回の書籍化は一二三書房さんのＷＥＢ小説大賞で銀賞を受賞したことで実現しました。

受賞の連絡をいただいた時は、歓喜に叫んだ直後に白昼夢ではないかと不安で挙動不審な人に。なにせ、登場人物の半数以上が変態や変人なのです。

大丈夫ですか、一二三書房さん。本当に大丈夫なんですね、一二三書房さん。懐が深いぞ、一二三書房さん。すごいぞ、一二三書房さん。


作業をしながらも「やっぱり夢じゃないだろうか」と何度疑ったことか。

薄い本も作ったことのない、推しゲームの二次作品を趣味で書いていただけの私が、「小説家になろう」に投稿した挙句にまさかの書籍化。

人生で最大の嬉しい驚きです。

書籍化にあたって、関係した全ての方々に感謝を。

特に、素敵なイラストを描いてくださった烏羽雨さま。中身アレなアンナをとても可愛く描いていただきありがとうございます。クリフォード侯爵にはクリティカルヒットをくらいました。素敵すぎる。

そして、尽力してくれた担当さま。心身共に大変な中、無事に刊行できたのは担当さまのおかげです。

最後に、WEBで感想や評価で応援してくれる読者の皆さま、普段から相談にのってくれる姉に多大なる感謝を。私の執筆の原動力です。

本当にありがとうございます。

この本が貴方の日常の楽しみのひとつになることを祈って。

腹黒兎